終

춘

"이제 그만, 가야것네."
나는 자리를 털고 일어섰다.
"이 밤에 어쩌까? 택시도 안 댕기는디."
 건너편에 무릎깍지로 앉았던 여자가 따라 일어서더니 허공을 휘, 둘러본다. 그러고는 몸을 돌려 행랑채 쪽으로 걸어간다.
 마당에 서서 여자를 기다린다. 여자가 행랑채에서 나온다. 손에는 검은 봉지를 들고 있다.
"저기…, 잠깐 좀 나가실랑가?"
여자가 가까이 오자 조심스레 말을 한다.
"……?"
여자가 좀 당혹해하는 표정이다.
"할 말이 있어서 말이네."
여자가 잠깐 멈칫거리더니,
"그…, 그럼, 나가 있으소."
하며 다시 행랑채로 걸어간다.

초상집에서는 그 얘기를 할 수 없었다. 문상객들이 있어서이기도 했지만 상갓집에서 하기에는 좀 그런 이야기여서였다. 그렇다고 상을 당해 경황이 없는 사람을 밖으로 불러내 가기도 그랬다. 그래서 상갓집이 한갓져지기만을 기다리며 술만 홀짝였었다. 어지간하면 그냥 갔거나 웬만하면 다음을 기약했겠지만 그럴 빨이 아니었다. 다음이라는 건 이제는 나에게는 없는 기회였다.

마당을 걸어 질앞길앞으로 나선다. 깡깡한 어둠이 앞을 막아선다. 더듬거리며 발을 디딘다. 돌담 사이의 골목을 나서자 위에서 내려오는 길과 만나진다. 시멘트로 포장된 길을 걸어 내린다. 동네 초입의 표어탑 앞이다. '해안 따라 오는 간첩 상륙할 틈 주지 말자'나, '의심나면 다시 보고 수상하면 신고하자' 같은 표어들이 사각형의 시멘트 기둥에 검정과 붉은 글씨로 어우러졌었다. 여자와 내가 소년과 소녀였을 적의 얘기다. 앳되던 아이들이 여자와 남자로 커가는 동안 네모의 표어탑에도 세월은 흘러갔고, 시나브로 글씨는 지워져 갔고, 그리하여 지금은 무엇에 쓰는지도 모를 칙칙한 기둥으로 남았다. 내력을 모르는 사람들은, 아무리 섬이라지만 동네 입구에다 어떻게 저렇게 끄무레한 것을 장승으로 다 세웠냐고 혀를 차지 싶다. 어떤 것의 내막을 아는 것과 모르는 것은 시멘트 기둥과 장승처럼이나 차이가 진다.

담배를 피워 문다. 아까침에도 나는 여기에 서서 두 개비의 담배를 피웠었다. 처음 한 대를 피워 물고는, 나는 여자네 집 쪽을 쳐다보았다. 저기 슬레이트 지붕 너머 세 번째 양철지붕이 여자네 집이다. 휘어 올라가는 길을 눈으로 더듬으며 나는 길게 연기를 뿜었다. 어둠속으로 흘러드는 담배연기는 나를 과거의 골목으로 데려갔다. 골목을 걸어 오르면 저만치에 여자네 집이 있듯, 내 삶을 거슬러 오르면 저만큼 어디에 여자와 걸었던 세월의 골목이 있다. 여자와의 기억은 '과거'라는 필름으로 뭉뚱그려졌지만 그것에도 다 저저금의 켜가 있다. 처음이 있고 나중이 있으며, 맨 뒤에는 끝이라는 것이 잇대었다.

학기초였다. 산에 들에 풀싹들이 올라오고 있는 즈음이었다. 일주일 간 주번이어서 교무실에 갔다가 교실로 돌아가고 있었다. 월요일은 '애국조회'가 있는 날이라서 마음이 바빴다. 교무실을 나서 서무실을 지나고 교장실 앞이다. 두 개의 교실을 더 지나 계단을 올라야 우리 교실이다. 늦었다 싶어 걸음을 재촉하는데 바로 앞에서 교실 문이 좌르르 밀리며, "악!", "무서워!", "어떡해!" 하는 소리들이 쏟아져 나온다. 소리와 함께 뛰쳐나온 여자애들이 신발장에서 신발을 집어 들고는 부리나케 복도를 내닫는다. 나도 빨리 나가야 하는데 밀려나오는 애들의 서슬에 그 자리에 서 있을 수밖에 없다.

돌팔매질에 놀란 참새 떼처럼 순식간에 애들이 뛰쳐나간 교실을, 무슨 일이다냐 싶어 슬쩍 들여다보았다. 교실은 며칠 바람 잘 불고 난 뒤의 바다처럼 조용해졌는데, 그 속에 미묘한 움직임이 있다. 여자애 하나가 교실 뒤쪽에 드러누워 바들바들 몸을 떨고 있는 것이다. 천장을 향한 채 고개는 바짝 들렸고, 잔뜩 오므라든 두 팔은 옆구리에 찰싹 붙었다. 논둑에 멍하니 옹크리고 있다가 막가지로 한 대 얻어맞은 개구락지 같다.

그 애의 그런 모습을 처음 본 건 '면민의 날' 초등학교 운동장에서였다. 교문 입구에 사람들이 우중거리고 있기에 뛰어가 봤더니, 내 또래가 될까 말까 한 여자애가 지랄버릇을 하고 있었다. 입에는 하글하글 기버큼게거품을 문 채 흑백이처럼 흰창만 드러난 눈을 휘굴휘굴 굴리면서 달달달 몸을 떨고 있는 것이다. 몇몇 어른들은, "에이, 아침부터 지랄하고 있구마" 하며 슬렁슬렁 물러났고, 나 같은 꼬맹이들은 구경거리가 났다며 회똘회똘 모여들었다. 한참을 등으로 흙바닥을 문지르며 떨어대던 아이가 어느 순간 벌떡 일어나 앉았다. 그러더니 옷소매로 입가를 닦고는 아무 일 없었던 듯 교문 쪽으로 걸어 나갔다. 어른들은 끌끌끌 혀를 차며 길을 터 주었고, 꼬맹이들은 숨소리를 죽이며 살살 뒤를 따랐다. 흙바닥에 누워 덜덜거리고 있는 모습도 그랬지만, 펄떡 일어나 옷소매로 침을 쓱 문대는 품도, 그리고 태연히 운동장을 걸어가는 모습도 괴기스럽기는 한가지였다.

그 애가 이참에는 교실 바닥에 드러누워 그러고 있다. 그것만이었다면 두어 번 본 적이 있으니 그러려니 하고 교실로 뛰었을 것이다. 그런데 한 여자애가 나를 멈춰 서게 했다. 돌부리에 넘어진 아이를 바라보는 엄마처럼이나, 무릎이 깨진 동생을 바라보는 누이처럼이나 몹시도 애드럽다는 표정을 하고서는 한 여자애가 지랄

버릇하는 애를 내려다보고 있는 것이다. 나 같은 남자애들도 피할 수밖에 없는데 여자애가 겁도 없이 혼자 그러고 섰는 것이다.

뒤집어진 거북처럼 거품을 버글대던 애가 풀떡 일어나 앉더니 주위를 둘레거렸다. 그러고는 주위에 아무도 없는 걸 확인하며 안도의 숨을 내쉬는 듯했다.

별것 아니네. 조회 나가기 싫으니까 괜히 저러고 있는갑네.

교실로 뛰어가려다 나는 다시 그 자리에 서 있게 되었다. 또다른 장면이 이어져서였다. 버르적거리다 일어나 앉은 여자애에게 앞에 서 있는 애가 무언가를 내미는 것이다.

뭐지? 발작 끝난 애에게 뭘 주는 거지?

궁금해진 나는 고개를 안쪽으로 더 디밀게 되었다.

어, 손수건이다. 하얀 손수건이다. 서 있는 여자애가 바닥에 앉아 있는 여자애에게 손수건을 건네고 있다.

어, 저러면 안되는데. 저러다가 자칫 버쿰이 묻으면 저한테도 병이 옮을 수 있는데. 그래서는 등거리로 바닥을 문대며 기버쿰을 문 채 발발 떨 수도 있는데. 그런데 왜 저런 위험한 짓을 하지?

나도 모르게 고개가 안쪽으로 더 들어가졌다.

누구지? 쟤는 누구지?

2학년 때 육지에서 전학 온 애였다. 와서 처음 친 중간고사에서 전교 3등을 해버려 대방에 애들의 관심을 끌게 된 이승미였다. 그 애가 지금 발작을 하고 있는 동무를 지켜보다가 아무 일 아니라는 듯 손수건을 건네고 있는 것이다.

여자와의 '처음'을 돌이키고 났는데 담뱃불이 필터를 빨고 있었다. 바닥에 꽁초를 비비고 났는데도 초상집에 올라가는 게 미적거려졌다. 주춤거리는 마음이 다시 한 개비를 더 물게 했다. 이참에는 들판 쪽으로 몸을 돌렸다. 담배를 깊게 빨고는 길게 뱉었다. 사라지는 연기의 꼬리를 따라 나는 '마지막'이라는 것에 대해 생각해보았다.

마지막이라고 해봐야 뭐, 특별할 건 없었다. 그것은 '얼떨결'과 '엉겁결'의 시소였다. '얼떨결'에 태어났다 '엉겁결'에 가거나, '엉겁결'에 났다가 '얼떨결'에 사라지거나였다. 얼떨결에 세상에 나와 바람처럼 흐르다가, 엉겁결에 바람인 듯 사라지는 것. 혹은, 엉겁결에 생겨나 냇물처럼 흐르다가, 어느 순간 얼떨결에 바다에 스며드는 것. 인생이란 게 뭐, 그런 것 아닐까.

그렇게 '마지막'을 정리했는데 아직 담배가 반이나 남아 있었다. 그래도 지상에서 마흔 해를 세월했는데 그 끝이 고작 담배 서너 모금밖에 안된다는 게 좀 쓸쓸하기는 했다. 결국 이러는 것을 그리도 종작없이 허덕였구나. 어차피 여기에 이르는 것을 그렇게도 갈 길 모르고 헤매었구나. 절로 한숨이 길었다. 그렇다고 교장선생님 훈화처럼 맹탈없이 길 까닭도 없기는 했다. 인생이란 게 뭐, 불이 붙여져서 빨아져 태워지다, 마지막에는 꽁초로 남는 담배와도 비슷할 것이겠다. 세상의 것들이 다 그러하겠다. 생겨나서, 살아지다, 사라지는 것. '사라지는 것' 앞에서만 모든 존재는 공평하다. 높으나따나 언젠가는 똑같이 맨몸뚱이로 간다는 것, 부자나

따나 마지막에는 빈손일 수밖에 없다는 것, 어쩌면 그것이 사람들에게 위안을 주는지도 모르겠다. 그런것으로라도 위로를 삼아 이 울퉁불퉁한 세상을 어찌저찌 건디는지도. 그런것으로라도 자신을 다독이며 초라한 인생을 버티는지도. 죽음으로라도, 아니면 그 너머에서라도 언젠가 한 번은 같아져야 한다. 안그러면 인생은 너무 불공평하다. 그런저런 생각의 끄트머리쯤에서 나는 꽁초를 땅에 비볐다. 그리고 마음을 다잡으며 골목을 올랐다.

늦은 시각이어서인지 두어 무리 정도가 상을 받고 있었다. 망자亡者가 섬 출신이 아니어서인지 문상객이 많지 않은 듯 했다. 상갓집인 데다 초겨울의 밤까지 덮여 있어 분위기는 을씨년스러웠다. 큰방으로 들어가 문상을 하고는 마당 한쪽에 자리를 잡았다. 혹 누가 알은척할지도 몰라 일부러 불빛을 비꼈다. 왼동네[1]지만 그래도 알아볼 동창이 있을 수 있었다. 그런 상황은 가급적 피하고 싶었다. 문상보다는 여자를 만나는 게, 그래서 그 매듭을 푸는 게 내 진짜 목적이었기 때문이다.

혼자 우두커니 있으려니 상복 차림의 여자가 음식을 차려 들고 왔다. 어깨가 왼쪽으로 갸웃이 기울어 있다. 여자가 비스듬한 품으로 소반의 음식을 상 위에 벌여 놓는다.

"마음이 아프시겠소야."

여자를 올려다보며 위로의 말을 건넸다.

---

[1] 남의 동네

음식을 놓다 말고 여자가 찬찬히 내려다본다. 그러더니 화들짝 놀란다.

"오랜만이네라."

여자를 쳐다보며 인사를 했다.

"……."

순간적으로 여자의 표정이 굳어지는 듯했다. 그러더니 허둥거리며 질앞으로 걸어 나간다. 뒷모습의 어깨가 확실히 옛날보다 많이 기울었다. 여자와 헤어진 것이 벌써 십오 년 저편이니 그럴 만도 했다. 지금보다 덜하기는 했지만 그때도 여자의 어깨는 왼쪽으로 짜웃해 있었다. 밤벌레가 함께해주던 재를 넘는 산길을, 벼 포기가 어깨를 걸어주던 바람 부는 들길을, 별을 보며 걷던 열여섯의 그 적에는 마냥 예쁘기만 했는데 말이다.

교실에서의 장면을 보고 난 얼마 뒤였다. 환경미화 심사가 있는 날이었다. 일이 그리 되려 그랬는지 승미와 나는 둘 다 주번이었다. 심사를 받고 나니 교정에는 어스름이 내려 있었다. 서둘러 교실을 나서는데 저만치 계단 앞에 승미가 서 있다. 가까이 가니까 말을 걸려더니 그냥 주춤거리다 만다. 혼자서 집에 가기가 무서운 모양이다. 산길을 올라 재를 넘어야 하는데 어둑발이 내려 있고, 신작로로 가자니 길게 휘어도는 길이 산길의 두 곱이 되고도 남고, 그러니 어쩔까 망설이고 있는 듯 보였다.

"바래다 주까?"

그전에 말은 안 걸어봤지만 용기를 냈다.
승미는 잠시 머뭇대더니,
"그래 줄래?" 했다.
"가자!"
나는 앞장을 섰다. 후문을 나서 돌다리를 건너고 산길로 접어들었다. 잘 따라오나 싶어 슬쩍 돌아보면, 승미는 그 자리에 멈추어 서며 하늘을 치어다보았다. 따라올라간 하늘 저편에는 개밥바라기가 반짝이고 있다. 자박거리는 자갈소리에 울음을 그쳤다가, 밤벌레는 다시 울어 발자국을 메운다. 그 소리들을 걸어 재에 다다랐다. 산날망을 타고 오른 바람이 이마에 시원하다. 쉬었다 가자며 길섶에 앉았다. 나는 이쪽 승미는 저쪽이다. 바람 한 줄기가 승미와 나 사이를 불어간다. 올려다본 하늘에는 나리꽃 같은 별들이 무더기졌다. 몇 개의 별꽃을 헤아렸을까.
"니가 편지 썼지?"
승미가 물어왔다. 이미 알고 있다는 투다. 어쩌면 이 말을 하려고 바래다 달란지도 모르겠다.
서너 개의 별을 더 헤고는,
"이이. 내가 썼어."
나는 선선히 인정했다. 이쪽은 이름을 안 밝히고 썼는데 저쪽은 이미 짐작을 하고 있으니 좀 겸연쩍기는 했다.
그러자 승미는,
"그럴 거라 생각은 했는데, 니가 맞았네." 하더니,

"나, 그렇게 대단한 애 아냐. 그냥 평범한 애야." 하면서 하늘 저편을 올려다본다.

"그냥 쓰고 싶어 쓴 거여."

나도 별들에게로 눈을 올린다.

그날 복도에서 그 장면을 보고 난 뒤 나는 편지를 썼다. 그전까지는 육지에서 전학 온 공부 잘하고 귄 있는[2] 애로만 알았는데 그날의 모습은 승미의 마음까지를 보게 했다. 그래서 그 느낌을 편지로 썼다. 물론 여자애에게니 이성적 감정이 없었다고는 할 수 없겠다. 그것은 밑절미로 깔렸겠으나 가능하면 그런 티는 안 냈다. 같이 중학교를 다니는 친구로서의 입장이었다. 이름은 안 밝힌 채였고, 혹시 부모님이 뭐라 할지도 몰라 겉봉에는 아무케나 생각나는 여학생 이름을 적었다. 그러니 답장은 기대하지 않았다. 몇 통이 될지는 몰라도 계속해서 쓸 생각이었다. 그런데 승미는 진즉에 나를 편지의 당사자로 지목했던 모양이다. 아마 그때 복도에 서 있는 나를 봤던 것이겠다.

"편지 해도 되지야?"

하고 싶은 말들과 전하고 싶은 마음이 아직 많았다.

"응."

다행이었다. 내가 좋아하는 애가 나를 좋아할 수도 있겠다는 생각이 들었다.

---

[2] 여자아이가 귀엽고 예쁜

올려다본 하늘은 별꽃들로 무더기졌다.

"니는 고등학교 어디 갈 건데?"

별들이 천장을 이루고 있는 밤이다. 야간자습을 마치고 돌아가는 늦가을의 밤이다.

"나? 글쎄야?"

나는 대답을 못하고 주저거렸다.

속으로는 인문계를 가고 싶었다. 고등학교를 졸업하면 대학도 가고, 그래서는 높고 멋진 사람이 되고 싶었다. 그것이 내가 그리고 있는 미래의 길이었다. 그런데 집안 형편이 거기에 닿지 못했다. 형이 광주에 있는 사립대학에 재학중이었다. 사립대 등록금이 국립대의 두 곱이 되고 있으니 우리 부모는 뼛골의 지스러기까지 긁어서 바쳐야 할 판이었다. '우골탑'답게 우리 소는 한 해 전에 벌써 형 밑으로 들어갔고, 이제 얼마 안되는 전답마저 팔아야 할 처지였다. 쎄가 빠지게 농사를 지어, 쌀은 쌀대로 해 올리고 반찬은 반찬대로 해 보내도 부모님은 매번 돈 꾸어대기에 바빴다. 방세니 생활비니 장난이 아닌 모양이었다. 등록금 철이면 부모님은 이집으로 저집으로 농협으로 수협으로 돈 구하러 뛰다니느라 벌리못봤다.[3] 그런 현실에서 차마 나까지 인문계를 가겠다고 할 수는 없었다. 그것은 아예 집을 거덜내 터무니까지 없애자는 소

---

3) 정신 못차리다.

리나 한가지였다. 그러니 돈이 거의 안 든다는 국립 공고 쪽으로 마음을 정한 것은 현실을 고려한 내 나름의 판단이었다.

"공고로 갈라고. 그쪽이 앞날이 밝다니까."

앞날이 밝은지 어쩐지는 잘 몰랐다. 인문계가 무엇이고 실업계가 어떤 곳인지도 정확히 모르는 섬 소년이 그 후의 사정까지 알 리 없었다. 나라에서 적극적으로 권장하고 있어 용돈만 가지고도 학교를 다닐 수 있다는 것과, 졸업하면 바로 취직해 돈을 벌 수 있다는 정도나 알 뿐이었다. 집안 사정 때문에 인문계 못 가고 실업계 간다려니까 왠지 창피해서 붙여본 말이었다.

"너는?"

슬쩍 승미를 돌아보았다. 서너 걸음 걸어도 대답이 없다. 나는 아차, 싶었다.

승미는 재취再娶 엄마를 따라 섬에 왔다. 섬에서는 흔치 않은 경우인데 승미네가 그랬다. 형편이 어쩐지는 모르겠지만 그리 넉넉지는 못하지 싶었다. 가난한 섬 살림이야 이집이나 저집이나 도찔개찔이었다. 더군다나 재취로 들어온 처지이니 그 사정은 보내 이나했다. 설사 형편이 어느쯤 된다 해도 재취에 딸려온 여자 애를 고등학교까지 보내주고 그 뒤를 대줄 것 같지는 않았다.

"글쎄…? 어떡할까 생각중이야."

다시 두어 걸음을 걷고서야 승미의 대답이다.

실력으로야 인문계 정도는 어넙시 가고도 남을 아이다. 백팔십 명의 한 학년에서 5등 안에 드는 유일한 여학생이다. 보통 10등까지는 안전하니까 연합고사는 걱정 안해도 된다. 그런데 집안 형편이 못 받쳐준다. 승미와 나는 그 점에서도 비슷했다.

이듬해에 승미는 광주의 인문계로, 나는 구미의 국립공업고등학교로 진학했다. 나야 그 길로 가기로 마음먹었으니 그랬다지만 승미가 실업계 대신 인문계를 택한 건 의외였다. 생각했던 것보다 그 집 형편이 이상 낫기도 하고, 새아버지도 제법 괜찮은 사람인 모양이었다. 아니면 사정은 안되는데 육지에서 살았는지라 승미 나름대로 판단이 있었는지도 모르겠고.

위쪽에서 발소리가 들려온다. 어둠속 저만치에 하얀 치마 하나가 걸어오고 있다. 아까는 위아래가 소복이었는데 지금은 아래만 하얗다. 위에 덧옷이라도 걸친 듯하다.

"조금만 가세."

여자가 가까이 오자 신작로로 내려선다. 굴러다니는 몇 대의 것들이 만든 자국이 두 갈래로 희미하다. 여자에게 안쪽을 내주고 나는 바깥쪽으로 넘어간다. 둘이는 바퀴의 축만큼을 떨어져 걷는다. 오랜 세월 뒤에 다시 만난 남녀의 거리로는 참으로 적당하다. 옛날의 언젠가 우리 뺨에 아직 바람이 보드라웠을 적에는, 그 뺨에 송홧가루 같은 솜털이 보송거렸을 적에는 서로 가까워진 마음으로 이 길을 걸었는데.

고등학교 1학년 겨울방학이었다. 내려오자마자 재를 넘었다.

땅의 겨울로부터 하늘의 별이 멀었다. 겨울이긴 하지만 남쪽의 섬이라 날은 그리 안 차웠다. 바람도 가만히 불어가고 우리들의 발걸음도 가만가만한 밤이었다. 발길에 채이는 돌멩이가 밤벌레가 되어 툭, 툭, 소리를 내는 그런 밤이었다.

"학교생활은 어때?"

승미가 물어왔다.

편지는 많이 보냈지만 학교생활에 대해서는 일절 안 썼다. 하고 싶지도 않았고, 혹시 안좋은 내용을 누가 볼까도 저어됐다. 코가 빠져 있는 내 모습을 승미에게 보이는 것도 탐탁지 않았다.

학교는 생각했던 것과는 영 딴판이었다. 인문계와 실업계라는 정도의 차이는 있을지언정 그것이 '고등학교'인 이상 공부는 시킬 줄 알았다. 그런데 그게 아니었다. '직업학교'에다 '하사관 학교'라는 게 맞는 표현이었다. 실습이 절반을 차지하고 나머지가 교실에서 하는 이론 수업인데, 그것의 삼분의 일이 또 '전기통론'이니 '금속화학'이니 '기계제도'니 하는 전공 관련 과목이었다. 이런것들은 관심도 없고 알아먹기도 더넘차 대부분의 아이들이 수업 시작부터 책상에 머리를 박아버렸다. 실습과 전공이론을 제외한 나머지가 인문계 과목인 보통교과인데, 전체 시수의 3분의 1에 불과한 양이었다. 그것도 핵심과목인 영어와 수학은 실업계용으로 제작된 웃기는 수준의 교과서로였다. 그러니 교실에서 하는 수업은 그것이 전공과목이든 인문계 과목이든 엎드려 자는 게 일이었다. 야간점호가 끝나면 단체로 집합도 해야 하고, 그래서 빠따도 맞아야 하고, 엉덩이를 주무르며 잠이 들었다가는, 도중에 일어나 불침번이나 동초⁴⁾도 서야 하고, 밤이면 오히려 할 일이 많아지는 게 우리들의 생활이었다. 그러니 시간이 있을 때 미리 자두는 게 남는 거였다. 선생님들도 그런 사정을 아는지라 자든 말든 떠들지만 말라며 그냥 내버려 두었다. 나중에는 아예 자습을 시키고는 이녁도 의자에 앉아 방아깨비처럼 꾸벅거렸다.

이런 현실에서 군사교육까지 받아야 했다. 졸업 후에는 전교생이 기술하사관으로 입대하게 돼 있어 고등학교 3년 동안 하사관 임용에 필요한 교육을 이수해야 했다. 군복과 군화가 지급되었고 군모에는 단풍하사⁵⁾ 계급장을 달았다. 개인화기로 M1소총도 지급되었다. 그런 차림으로 학군단으로부터 군사교육을 받았다. 고등학교에는 전국에서 유일하게 개설돼 있는 301학군단이었다. 학기중에는 그렇게 군사교육을 받다가 여름방학이 되면 2주간 군부대에 입소해 병영훈련을 받았다. 고등학생이라 좀 조정하기는 했겠지만, 현역병과 똑같이 분대 전투, 화생방 교육, 유격 훈련, 야간 행군, 50㎞ 행군, 개인화기 사격 같은 것들이 교육 내용으로 들어 있었다.

이런 우리들을 더 힘들게 하는 게 구타였다. 군대문화가 고등학생들의 세계로 이식된 것일 텐데, 하급생 때리는 것을 아주 당연한 것으로, 심지어는 상급생의 권리로 여기는 선배들조차 있었

---

4) 2인 1조로 학교 울타리를 돌며 보초를 서는 것
5) 정식 하사로 임용하기 전에 다는 계급장

다. 3학년은 2학년을, 2학년은 1학년을 때렸다. 개인적으로 기숙사 호실로 불러 때리기도 하고, 간부들이 하급생을 집합시켜 단체로 때리기도 했다. 때로는 연대간부-전교생이 9개 중대로, 그것은 3개 대대로, 그것은 다시 1개 연대로 조직된다-들이 1, 2학년 전체를 연병장에 집합시키고는 몽둥이질을 하기도 했다. 일석점호가 끝나면 기숙사 복도에 집합해 쇠파이프로 맞아야 하루일과가 끝나는 것이었다.

  이런 현실을 못견디고 짐을 싸는 애들이 제법 있었다. 적성에 안맞는 공부와 힘든 학교생활이 단초가 됐겠지만, 졸업 후의 5년의 하사관 복무가 결정적 이유로 작용했을 것이다. 학교 소개 팸플릿에 그런 내용이 있었다고는 하지만, 그래서 수험생들이 그것을 인지하고 응시했다 하지만, 아무래도 그것은 할인판매 때의 '일부 품목 제외'처럼 한쪽 구석에 조그만 글씨로 씌어 있었고, 학교에서 내세우는 '동양 최고'니 '한국 최고'니 하는 거창한 광고 문구와, 모델로 나서도 될 만한 학생들만을 뽑아 찍었을 사관학교 뺨치는 멋진 교복과, 어지간한 공대와는 비교도 안된다는 6만평에 세워진 최신식 시설에 촌놈들이 완전히 맛이 갔을 것은 뻔한 이치였다. 수업료에 숙식비에 의복비까지 완전히 국가에서 지원한다는 '전액 국비 장학생'이라는 파격적인 조건은, 고등학교 진학을 앞두고 경제적인 문제로 고민하고 있던 가난한 시골 학생들에게는 눈이 번쩍 뜨일 구원의 빛이었을 것은 너무나 당연했다. 입학하고 나서야 그런저런 사정을 옴니암니 알게 된 학생들은, 어, 이게 아니었는데, 이것은 정말 아닌데, 라며 짐을 쌀 수밖에 없었다.

　학교가 자신에게 안맞는다고 그 당장에 짐을 쌀 수 있는 것도 아니었다. 학교를 그만두려면 그 동안에 썼던 비용을 모두 물어내야 했다. 의복비에 식비에 기숙사비까지, 수업료에 실습비에 재료비까지, 입고 먹고 자고 공부하는 것 일체가 완전 공짜였으니 그 액수가 장난이 아닐 터였다. 그런데 문제는, 그것을 깔축없이 변제하지 않으면 학교를 나가봤자 아무것도 할 수 없다는 것이었다. 다른 학교로 전학하는 것도 검정고시를 보는 것도 불가능하단다. 학교에서 그렇게 조치를 취해버린단다. 거기에 더해, 학교 예산이 전부 국방비에서 지원되는 관계로 그것이 정산되지 않으면 바로 하사관으로 잡혀간다는 소문까지 돌았다. 그래서 짐을 싸놓고 밤새 엎치락뒤치락하던 애들 여럿이 아침에 다시 짐을 풀었다. 용케 형편이 되고 충분히 용감한 애들 몇몇은 친구들 앞에서 보란 듯이 짐을 쌌다. 그리고 밤의 울타리를 넘었다. 그만두고는 싶지만 상황이 안되는 애들은 울며 겨자 먹기로 현실에 잡혀 있어야 했다. 물론 학교가 적성에 맞아 거기에서 길을 찾는 친구들도 없는 건 아니었다.

　나는 '울며 겨자 먹기' 쪽이었다. 학교에서의 일 년은, 내가 전혀 공고 체질이 아니라는 걸 확인하는 시간이었다. 같이 선반을 돌려도 내것은 치수가 안 맞았고, 같이 대패질을 해도 내것은 직각이 안 나왔다. 같이 쇳물을 부어도 내것은 찌그러져 있었으며, 같이 납땜을 해도 내것에는 불이 안 들어왔다. 도대체가 제대로 되는 게 없는 것이다. 그러니 뭉툭하니 생긴 손을 탄식하지 않을 수 없었고, 내가 서 있는 현실을 개탄하지 않을 수 없었다.
"학교는 다닐 만 하냐고?"
대답이 없자 승미가 재차 물어왔다.
"이이, 다닐 만 하지. 너는?"
학교에 대한 얘기는 가급적 안하고 싶었다.
"나? 나도."
승미는 친구들 집을 옮겨 다니며 숙식을 해결한다 했다. 새벽이면 신문배달을 하고 저녁에는 학교 매점에서 일한단다. 그런데도 다닐 만 하단다. 역시 여간내기가 아니다.
"방학 끝나고 올라가겠네?"
승미가 걸음을 멈추며 돌아본다.
"그래야제. 너는?"
나도 걸음을 멈추고 돌아본다.
"나 모레 올라가. 일해야 해서."
승미의 생활이 머릿속에 그려졌다. 새벽에 일어나 이 골목 저 골목 뛰어다니며 신문을 돌리고, 김밥으로 허기를 채우며 허겁지겁 학교로 달려가고, 어찌어찌 수업시간에 대기는 했으나 천근만근 내려앉는 눈꺼풀을 못이겨 꾸벅꾸벅 졸고, 점심시간이면 교실을 돌며 이 친구 저 친구에게서 한 숟갈씩 얻어먹고, 수업이 끝나면 부랴사랴 매점으로 달려가 일을 하고, 일을 마치고는 미안스런 표정으로 친구네 집으로 찾아들고, 그리고 한쪽 구석에서 곁잠을 자다 새벽이면 또 달려 나가고…. 고등학교 일학년짜리 여자애가 감당하기에는 너무 힘든 생활일 것 같았다. 아무래도 오래 버티지는 못하지 싶었다.

"아직은 할 만 해. 공부를 할 수 있으니까 괜찮아. 그것이면 돼."

나는 좀 부끄러웠다. 승미에 비하면 나는 먹고 입고 자는 문제는 해결되고 있지 않은가. 그런데도 나는 현실을 탓하며 한숨만 짓고 있지 않은가. 내 자신이 참으로 못나 보였다.

"해진이 너도 열심히 해. 너는 잘 할 수 있을 거야."

약속이나 한 듯 둘이는 하늘을 우러른다. 높이 걸려 있던 별들이 이만치 내려와 있다. 둘이는 별빛이 가까운 겨울을 걷고 있었다.

두 번째 병영훈련을 마치고 2주간의 방학이었다. 긴 여름 해는 산을 넘었고, 데워졌던 들은 갯바람에 몸을 식히고 있는 밤이었다. 등목이라도 하려는 듯 별들이 땅 가까이에 내려와 있는 그런 밤이었다.

"나는 졸업하고 하사관으로 갈 것 같다야."

내 얘기를 먼저 꺼냈다. 내 상황도 별반 다르지 않으니 너도 힘을 내라고 위로하고 싶었다.

"대학 안가고?"

승미는 내가 대학 가는 공부를 하고 있는 줄로 아는 모양이었다.

"우리는 졸업하면 바로 하사 달고 군대 가야 돼. 전교생이 의무적이여."

하늘을 올려다보지만 나는 눈을 감은 채로다.

"뭐야? 군대 간다고?"

승미가 놀란 듯 물어온다.

"으음…, 오 년."

나는 걸음을 멈추어 선다.

"그렇게나 오래?"

승미도 걸음을 멈추며 나를 돌아본다.

말을 해 놓고는 나도 속으로 놀란다. 오 년이라니! 육십 개월이라니! 스무 살에 들어가 스물다섯이 돼야 나올 수 있다니. 청춘의 시절을 군대에서 다 썩어야 하다니.

"응, 좀 길다야. 고등학교를 공짜로 다녀서."

부모님이 주는 것 말고는 이 세상에 절대로 공짜는 없다. 그것이 내가 고등학교를 통해 배운 세상 이치다.

"그렇구나."

승미가 머리를 끄덕인다.

"군대 가서 공부해 볼 참이여. 선배들도 군대생활하면서 야간대학 간다 그러대. 나도 해볼라고."

입시철이 되면 수석합격 소식이 자주 들려왔다. 지방대이기는 하지만 그런 소식은 우리들에게도 희망을 주었다. 그 선배들도 우리와 똑같은 과정을 거쳤으니 나라고 못할 것 없다는 자신감과, 나도 그들처럼 해봐야겠다는 의지가 생기는 것이다. 물론 자신이 어떤 환경에 처해질지, 그 환경에서 그것이 과연 가능해질지도 모른 채 막연하게 가져보는 희망이기는 했다.
"너는?"
말을 해 놓고는 괜히 물었다는 생각이 들었다. 승미는 휴학을 해 놓고 내려와 있는 상태였다. 모르긴 몰라도 다시 학교로는 못 돌아가지 싶었다.
"나? 검정고시 보려고."
머뭇거림이 없다. 말에서는 자신감도 묻어난다. 광주에서의 일 년이 승미를 그렇게 단련시킨 듯했다. 역시 다구진 애다.
"그래서 교대 갈 거야. 국민학교 선생님 돼보려고."
말에는 힘도 실려 있다. 얼마든지 할 수 있다는 태도다.
"그래, 너는 틀림없이 할 수 있을 거다."
나는 승미를 응원해 준다.
"그래, 너도 열심히 해. 너도 틀림없이 할 수 있을 거니까."
이번에는 승미가 나를 응원한다.
"별도 참 많다야. 네것 한번 찾아봐라."
하늘 가득 별들이다. 둘레거리다가 유난히 빛나는 별 하나를 발견한다. 북쪽 편 하늘이다. 저 별을 내 별로 해야겠다. 나는 저렇게 반짝이는 별이 되어야겠다.
"야아, 진짜로 별 많다이. 나는 저것 할란다."
손을 들어 북쪽 하늘을 가리킨다.
"저 밝다란 것?"
승미의 손가락이 그쪽을 향한다.

"아, 아니, 그 옆의 것. 밝은 것은 니것 해라."
나는 좀 전의 것을 승미에게 양보한다.
"그럼 니것은?"
"그 옆에 있는 것."
둘은 이웃하는 별이 된다.
논배미를 스치고 온 바람이 우리를 불어간다. 바람은 밭고랑을 달려 언덕을 쓸고는 산등성이를 타오르겠다. 그러고는 별에 가닿으려 하늘로 길을 잡겠다.
"승미여으,"
신작로에 놓인 다리 위다. 쫄쫄거리며 내려온 냇물이 다리를 지나 아래쪽으로 흘러간다.
"우리…, 입 한번…, 맞추까?"
걸음을 멈추며 승미를 돌아본다. 승미도 발길을 멈춘다. 두어 숨을 그대로 있는다. 숨과 숨 사이를 바람이 불어간다. 두 손으로 승미의 머리를 감싼다. 승미의 입김이 얼굴에 와 닿는다. 숨을 가눈다. 입술에 입술을 가져다 댄다. 심장의 박동이 입술로 전해 온다. 내 심장의 박동도 승미에게 건너가겠다. 입술을 빤다. 부드럽다. 두어 번을 더 빤다. 이참에는 승미가 내 입술을 빤다. 감미롭다. 맞닿은 입술들이 서로 부드럽고 서로 감미롭다. 처음 맞추는 입술이다.
냇물은 소리 내며 다리 아래로 흐르고, 밤은 소리 없이 들을 따라 흐르고, 별은 밤을 따라 하늘가로 흐르고, 우리들의 입맞춤은

팔딱거리며 가슴으로 흐른다. 달콤한 바람이 둘 사이를 불어가는 별빛 내리는 여름 들녘의 밤이다.

  걸을 때마다 여자의 손에 들린 비닐봉지가 어석거린다. 바람에 불리는 비닐봉지는, 이쪽으로 고개를 돌려 재잘대다, 다시 저쪽으로 고개를 돌려 재잘거린다. 마치 꼬맹이 하나가 사이에 끼어서 걷고 있는 느낌이다. 급한 일이 생겨, 야밤에 아이를 데리고 처가에라도 가는 품이다.
  미친놈, 아이라니! 너가 시방 제정신이냐!
  머리를 흔들어 미친 생각을 떨어낸다.
  깜깜한데도 길은 발에 익다. 길이 변하지 않은 탓도 있지만 내가 그만큼 여러 번 걸어서일 게다. 길의 이 굽이와 저 후리에는 여자와 나의 사연들이 아로새겨져 있다. 밤으로의 이 길을 같이 걸으며, 우리는 하늘의 별을 우러렀고, 별이 되는 꿈을 꾸었고, 별이 되자는 약속을 했었다. 길에는 둘의 그런 시간들이 묻어 있다. 길이 곧 여자와 나의 기억인 셈이다.
  몇 걸음 걷는 사이 비닐봉지가 이치대는 쪽으로 바뀐 듯하다. 아까까지는 좋다고 마냥 까불대더니, 지금은 엄마의 치마폭을 잡고 지다위라도 하는 품이다.
  엄마, 무서워! 도깨비 나올 것 같아! 얼른 집에 가!
  미친놈, 정신을 차려! 엄마와 아이라니!
  머리를 흔들어 다시 허랑한 생각을 털어낸다.

슬쩍 여자를 돌아본다. 흰 치마가 자박자박 어둠을 밟고 있다. 침묵이 어색해 말을 꺼내본다.

"잘 살았든가?"

여자에게 힘든 일이 있었다는 건 아까 친구에게 들었다. 그런 일을 겪고도 잘 살았을 리 만무다. 그냥 던져본 것인데 말이 짬을 잘못 탄 것 같다.

"그럭저럭."

몇 걸음 후에야 여자에게서 대답이 건너온다. 그리고 몇 걸음 후에,

"자네는?" 하고 묻는다.

몇 걸음 걷다가 나는,

"나도 그작저작" 하고 대답한다. 그러고는 생각해 본다.

내가 지난날을 '그작저작' 살았던가. 특별히 나쁜 일 없이 무난하게 그러구러 인생을 지나왔던가. 밥 잘 먹고 숨 잘 쉬며 사람처럼 살았던가. 여우같은 마누라 만나 토끼같은 새끼 낳고 알콩달콩 세월을 보냈던가. 아닌 것 같다. 아니, 아니다. 여느 사람들처럼 그럭저럭 인생을 살았다면, 영희와 철수처럼 이냥저냥 삶을 지나왔다면, 나의 지금쯤은 이 깜깜한 신작로이지 않고 도시의 어느 안방일 것이었다. 이렇게 캄캄한 마음이지 않고 내일을 생각하는 한 사람의 가장으로서일 것이다. 그런데 남들처럼 그작저작 살지 못했으니까, 그러구러 인생을 지나오지 못했으니까, 나는 지금 이 캄캄한 길 위에, 그리고 내일의 그 아득한 길 위에 서게 된 것일

게다. 분위기 녹이려다 괜히 어색해졌다. 그냥 말없이 어둠을 걸을 걸 그랬다.

"저기로 내려가세."

다리를 지나 아래쪽 논어덕이다. 불어오는 바람이나 사람들의 눈을 피하기에 안성맞춤인 곳이다. 설레는 마음으로 둘이서 앉았었고, 몹시나 두근거리는 가슴이었고, 그러다가 마주잡은 손이었고, 서로에게 닿았던 입술이었다. 기어이 닿인 입술, 한기 들린 듯 바르르 떨렸었던가. 가슴에 전해오는 박동은 금방이라도 터질 듯한 심장이었던가. 떨리고 터질 듯했던 그 자리에, 이제는 떨릴 것도 터질 것도 없는 두 사람이 나란히 앉는다. 아주 오랜만에 앉아보는 둘의 자리이다.

입영전야다. 승미의 자취방이다. 상에는 통닭과 맥주가 놓였다. 술상을 가운데 하고 앉으니 갑자기 어른이 된 기분이다. 내일이면 입대를 한다고 생각하니 더 그래졌다. 승미도 단발머리를 벗어버려서인지 숙녀 티가 물씬하다.

시골에서 친구들과 송별식을 하고 하루 전에 집을 나섰다. 1차 집결은 다음날 18시 송정리역이었다. 거기에서 19시에 출발하는 상행선 군용열차를 탈 계획이었다. 섬에서 나는 배는 새벽에 한 번 있었다. 그것을 타고 나가면 당일에 출발해도 시간에 댈 수는 있을 것 같았다. 그런데 날씨가 문제였다. 겨울인지라 갑자기 바람이라도 터지면 사나흘 배가 묶이는 건 보통이었다. 그렇게 되면 잘못하다 제때에 입대를 못하는 수가 있었다. 날이 좋을 때 미리 나가는 게 안전하지 싶었다. 광주에서 승미를 만나고 다음날 입대하면 아귀가 맞을 듯했다.

어머니는 한밤중에 일어나 아침을 마련했다. 쌀밥에 소고기국에 반찬도 너덧 가지나 된다. 명절이나 제사 때나 보는 상차림이다.

"어여, 묵어라."

아버지는 봉창문 앞에, 할머니는 아랫목에 앉았다. 동생은 이불을 두른 채 윗목 구석에 옹크렸다. 군대 가 있는 형만 빠진 온 가족이다.

너덧 숟갈 뜨고 숟가락을 내려놓는다. 밥이 잘 안 들어간다.

"아야, 멀리 갈라믄 마이 묵어라."

어머니가 내 앞으로 반찬 접시를 밀어놓는다.

"많이 묵었어라우."

"아따, 그래도 멫 숟구락 더 뜨거라아."

어머니가 숟가락을 들어 나에게 내민다. 할수없이 두어 술을 더 뜬다. 그러고는 정복을 차려입고 할머니께 큰절을 올린다.

"함마이, 갔다올라네."

내 손을 잡는 할머니의 눈이 갈쌍해져 있다.

"악아, 어차든지 몸 성해야 쓴다이."

"이이, 알았네. 함마이도 건강하게이. 금방 휴가 나올 테께이."

모자를 집어 들고 방을 나선다.

"아부지, 다녀오겠습니다."

토방 앞에서 아버지께 인사를 드린다.

"몸조심해라이. 그거이 제일이다이. 딴 건 다 그 다음이여이."

토방에 서 있는 아버지가 한마디 하신다. 그러고는 먼 하늘로 눈길을 올린다.

"야, 알었어라우. 편지 드리께라우."

더블 백을 메고 집을 나선다.

"엄니, 갔다올라네."

질앞에서 어머니께 인사를 한다.

"오따, 내 우래이, 부디 몸 성해야 쓴다이. 몸만 성하믄 되어야이. 딴건 아무 소양없어야이."

울먹이는 소리로 어머니가 내 손을 잡는다.

"야, 알었어라우. 갔다오께라우. 엄니도 건강하셔야 되어라우."

울음이 나올 것만 같아 얼른 걸음을 뗀다. 발소리에 잠이 깼는지 양쪽에 늘어선 담독[6]들이 졸린 눈을 비빈다. 조그맣던 아이가 언제 이렇게 컸냐고, 엊그제 고등학교 간다더니 벌써 군대 갈 때가 되었냐고, 어차든지 조심히 잘 갔다 오라고, 담독들이 조막손을 흔든다. 그렇게 됐다고, 잘 갔다 오겠다고, 그동안 우리 식구들 잘 보살펴달라고, 나도 담독들에게 손을 흔든다. 어린 시절을 낮이나 밤이나 함께 놀았다가 3년을 헤어졌는데, 이제 또 5년이라는 세월을 못 보게 된다. 다시 녀석들 사이를 뛰어다니며 총싸

---

[6] 담을 이루는 돌 '독은 돌

움 칼싸움하고, 빠침 치고 숨바꼭질하며 노는 일은 없지 싶다. 그럴 시절이 지나버리기도 했지만 내가 다시 이곳으로 돌아와 사는 일은 없을 것이기 때문이다. 다들 그렇듯 나도 도시의 어느 틈을 파고들어가 거기서 애면글면 살이를 꾸려가야 할 것이다. 그것이 우리들이 가야 하는 세상이라는 동네의 고샅길이었다.

  새벽의 길은 어둡고 추웠다. 이월 말이라는 달력의 날짜는 같은데 길의 기분은 3년 전 고등학교 갈 때와는 사뭇 달랐다. 그날의 새벽은 꿈을 찾아 떠나는 힘찬 발걸음이었다. 하지만 하사관 정복인 채 더블 백을 멘 새벽은 미래가 안 보이는 캄캄한 걸음이었다. 아침을 향해 가는 시간이 아니라 밤을 향해 걷고 있는 듯한 새벽이었다.

"어디 한잔 마셔 보끄나?"
승미의 잔에 술을 따른다.
"니도."
승미가 병을 달라더니 내 잔을 채워준다. 그러고는,
"자, 잔 들어봐" 한다.
내가 잔을 들자,
"해진이의 입대를 위하여" 하더니,
"건배!" 한다.
"건배!"
둘이는 잔을 부딪는다.

한 모금 마시는 승미의 눈살이 살짝 찌푸려진다. 처음 마셔보는 술이지 싶다. 나는 꿀꺽꿀꺽 한 번에 비운다.

승미가 반쯤 마신 잔을 내려놓더니,

"해진아, 이게 축하할 일인지는 모르겠다만, 아무튼 잘 갔다오나." 하면서 병을 들어 잔을 채워준다.

나는 다시 홀떡홀떡 술을 들이켠다. 나는 이제 어엿한 대한민국 육군하사다.

"승미야, 나 좀 겁이 나기는 한다."

솔직한 심정이었다. 나는 고작해야 2주 전에 고등학교 교복을 벗은 천둥벌거숭이였다. 그런데 졸업식 바로 다음날 임용식을 하고, 그 자리에서 '개목걸이'라 불리는 인식표를 받았다. 하루 상간에 학생에서 군인으로 신분이 바뀐 것이다. 목에 건 군번줄은 정말로 개의 목에 채워진 목사리 같고, 하사관 정복은 소에게 씌워진 굴레 같았다. 송아지의 틀을 벗고 막 들판으로 뛰쳐나가려는 순간 목사리와 굴레에 묶여버린, 나는 한 마리의 어석소인 것이다.

"그렇기는 하겠다만,"

승미가 내 잔에 술을 따르며,

"그래도 넌 잘 할 수 있을 거야" 한다.

잘 할 수 있을지 없을지는 몰라도 잘 해 보도록 노력은 할 것이다. 누구도 나를 대신 걸어줄 수는 없는 일 아닌가. 나는 끝내 내가 지고 가는 수밖에 없다.

"그래, 잘 해 보께."

나는 다시 잔을 비운다.

"넌 어떡할라냐?"

승미는 공장에 다니고 있었다. 우선은 돈을 모아야겠단다. 그래야 뭔가를 할 수 있을 것 같단다. 돈은 언제 모으고 공부는 또 언제 할지 모르겠지만 내 눈에는 그리 희망적으로는 안 보였다. 내 미래가 그렇듯 승미의 것 역시 그래 보였다.

"돈 좀 모이면 공부 시작해 보려고. 동생도 데려 오고."

승미는 여전히 자신감에 차 있다. 버거운 현실을 헤쳐나갈 기백도 있어 보인다. 어지간한 시련쯤은 쉽게 이길 수 있을 것 같다. 그것이 '어지간만' 하다면 말이다.

"해진아, 내가 너 좋아하는 거 알지?"

승미가 남은 술을 비운다.

"내가 올케 그 말 할라 했는디."

내 말에 승미가 상그레 웃는다. 아마 내 얼굴에도 같은 웃음이 떠올라 있을 것이다.

"항상 널 생각하는 사람 있다고 생각해에. 부모님, 형제들, 친구들, 그리고…, 나도."

승미가 잔을 채워준다. 병을 달래서 승미의 잔을 채워준다.

"잔 들어봐봐. 이참에는 내가 하께."

내 앞에 놓인 잔을 든다. 승미도 따라서 든다.

"자, 우리들의 꿈을, 위하여!"

"위하여!"

힘차게 잔을 부딪기는 하지만 나는 사실 많이 가라앉아 있었다. 밝아지려 노력은 해보지만 그게 쉽지 않았다. 어연간만 하면 어디 오지에 있는 산골 고등학교에 한 번 더 간다는 마음으로 가겠는데, 까짓것 그냥 조금 긴 병영훈련 떠난다는 기분으로 다녀오겠는데, 그런데 이것은 남들의 두 배인 60개월을 가야 하는 것이다. 5년 뒤에 과연 제대는 될까. 제대가 안돼 평생을 직업군인으로 살라면 어떡할까. 미래의 것들로 머리가 복잡했다.

몇 잔을 더 마시고 방을 나섰다. 승미와 밤을 보낼까도 생각해봤지만 그러면 안될 것 같았다. 좁은 방에 금을 그어놓고 잘 수는 있겠지만, 절대 금을 넘지 말자고 약속을 할 수는 있겠지만, 그래도 뒤꼭지에 피도 안 마른 녀석들이 벌써 한방에서 밤을 보내는 건 아니지 싶었다. 그래서 다음날 역에서 만나기로 하고 자취방을 나왔다.

친구 집에서 자고 송정리역으로 향했다. 버스가 시내를 통과하고 있다. 남쪽인 데다 이월의 끝자락이어서인지 거리에는 봄기운이 제법 내려와 있다. 사람들의 옷차림도 조금 가벼워진 듯하고 발걸음도 경쾌해 보인다. 저리로 가는 사람이 있고 이리로 오는 사람이 있다. 발걸음을 재는 어른이 있고 해찰부리며 걷는 아이들이 있다. 혼자인 남자가 있고 둘인 여자들이 있다. 어른은 어른들대로 아이는 아이들대로, 남자는 남자들대로 여자는 또 여자들대로 다 각자의 길을 가고 있다. 그것이 차창 밖의 풍경이다. 하지만 나는 정해진 옷을 입고 정해진 보폭으로 정해진 길을 가야 한다. 창 하나를 사이에 두고 있을 뿐인데 그렇게 차이가 진다. 제 취향대로 옷을 입고, 제멋대로의 걸음걸이로, 저저금의 목적지를 향해 가는 것은 얼마나 자연스러우냐. 그것은 바람이 부는 일이나 봄이 오는 것처럼 당연히 그러해야 하는 것이다. 하지만 나는 그러지 못하고 저들과 반대방향으로 가고 있다. 그래서 슬프다.

버스가 시내를 벗어난다. 들판은 겨울을 뚫고 나온 보리들로 파릇하다. 추운 계절에도 저 애들은 땅속에서 몸을 키웠구나. 몸부림쳐 몸부림쳐 끝내 겨울을 이겨냈구나. 그래서 저렇게 검푸른 초록이 되었구나. 겨울의 혹독함이 외려 짙은 초록을 만들어냈구나. 그렇다면 나에게 오는 시간들도 나를 저렇게 만들까. 그것들을 뚫고 나왔을 때 나는 더 진한 색깔의 내가 되어 있을까. 그런 내가 되기 위해 나는 지금 이 길을 가고 있는 것일까. 눈을 들어 위쪽을 쳐다본다. 봄은 산 중턱 저기 어디쯤에 와 있겠다. 몇 밤 자고 나면 봄은 들판으로 내려와 싹꽃들을 틔워 올리겠다. 그리고 또 몇 밤 자면 봄은 오만가지 꽃들로 산과 들을 장식하겠지. 세상에는 봄이 오고 있는데 나는 겨울로 걸어들고 있었다.

역 광장에는 열댓 명의 친구들이 나와 있다. 전라남도 병력만이니까 다 모이면 쉰 명 남짓 될 것이다. 3년을 기숙사 생활을 한지라 다들 알고 있는 사이이다. 3년간 한 반이었던 예닐곱도 함께 간다. 교복에서 하사관 정복으로 바뀌어서인지 낯이 좀 설기는 하다. 눌러쓴 군모 밑의 얼굴들도 조금은 긴장돼 보인다. 못 피우는 담배를 어색하게 뽀끔거리는 것은 마음속의 초조함 때문이라는 걸 우리는 다들 알고 있다.

친구들이 더블 백을 멘 채 속속 모여든다. 가족들도 여럿 따라 왔고 애인인 듯한 여자들도 대여섯 보인다. 출발시각까지는 아직 넉넉하다. 친구들과 인사를 나누면서도 주위를 두리번거린다. 약속을 했으니 승미는 배웅하러 나올 것이다. 벌써 와 있는지도 모르겠다. 저만치에 노란 원피스 위에 검은 웃옷을 걸친 여자가 사람들 사이를 기웃대고 있다. 조금은 쌀쌀한 날씨인데 화사한 노란색이어서 유독 눈에 띈다. 혹시나 싶어 가까이 가 본다. 승미다. 등거리를 툭, 친다.

"어?"

승미가 깜짝 놀라며 뒤를 돌아보더니,

"해진아!"

하며 활짝 웃는다.

"그 사람이 그 사람 같아 구별이 돼야 말이지."

하기야 똑같은 복장인 데다 군모까지 눌러썼으니 그럴 만도 했겠다.

"이 사람들이 전부 친구들이야?"

승미가 주위를 둘러본다.

"이이. 다 고등학교 동기들이야."

나도 그들을 둘러본다. 3년간 한울타리에서 한솥밥을 먹으며 생활한 동무들이다. 그런데 이제 입대 동기가 돼 있다.

"그럼 이 사람들도 전부 오년이야?"

승미가 목소리를 낮추며 묻는다. 나는 고개를 끄덕여준다.

"오년이 빨리 갔으면 좋겠다."

아직 시작도 안됐는데 빨리 갔으면 좋겠단다. 일러도 너무 이른 김칫국이다. 그래도 그랬으면 나도 좋기는 하겠다.

"해진아, 몸조심 해야 돼."

비듬이라도 떨어져 있는지 승미가 내 어깨를 톡톡 떤다.

"알았어. 고맙다이."

승미 너머를 건너다본다. 어스름이 역 광장을 덮고 있다.

"알엔티시[7] 하사들은 플랫폼으로 나가십시오! 가족들도 배웅 나가도 좋습니다!"

병사 하나가 나오더니 손오가리를 만들어 외친다.

모두들 더블 백을 메고 개찰구로 향한다. 군용열차를 타므로 표를 끊지 않아도 됐다. 내가 정말로 군인이라는 게 처음으로 실감됐다.

"군용열차는 뒤쪽 두 개 차량입니다! 알엔티시만 타게 돼 있으니 천천히 승차하셔도 됩니다!"

아까의 그 병사가 다시 손오가리로 소리친다. 친구들이 더블 백을 메고 뒤쪽으로 이동한다.

"해진아, 이리 와봐."

승미가 손을 잡더니 뒤쪽으로 끌고 간다.

---

[7] RNTC(Reserve Non-officers' Training Corps), 하사관 학군단

"너, 우리가 말했던 꿈, 잊으면 안돼!"

승미의 눈길이 내 눈에 와 있다.

"그거 잊으면 절대 안돼, 알았지!"

승미가 나를 보며 다짐을 받는다.

"만약에 너, 그거 잊으면 나한테 죽어! 진짜로 죽어!" 하면서 승미가 눈을 부릅뜬다.

"이이, 알았어. 절대로 안 잊을게."

나는 약속해 준다.

"그리고…,"

승미가 말을 하려다 말고 두 손으로 내 목을 껴잡는다. 그러더니 내 입술을 가져간다. 얼떨결이라 나는 그대로 있는다. 승미가 입술을 빤다. 윗입술을 빨고는, 아랫입술을 빤다. 나도 승미의 입술을 빤다. 내 것인지 승미의 것인지 모르겠는 것이 입속으로 흘러든다. 짭짤하다.

"우리, 절대 변하면 안돼!"

승미가 새끼손가락을 내민다. 내 손가락을 거기에 건다. 둘이는 그렇게 꿈을 잊지 말자고, 서로 변치 말자고, 손가락을 걸어 약속을 하고 다짐을 받았다.

"항상, 몸 건강하고."

"알았응께, 너도이!"

자리에 앉아 창밖을 본다. 불빛이 닿은 저만치에 노란원피스가 서 있다. 원피스는 손수건으로 눈가를 찍고 있다. 하얀 손수건이다. 그 옛날 교실에서의 그 하얀 손수건만 같다.

　기차가 움직이기 시작한다. 노란원피스가 손을 흔든다. 나도 흔든다. 기차가 조금씩 속도를 낸다. 노란원피스가 점점 멀어진다. 기차가 어둠속으로 빨려든다. 또 한 켜의 밤이 세상 위에 덮이고 있다.

　송정리역을 출발한 기차는 자정쯤 신탄진역에 도착했다. 육군의 집결지였다. 시간이 되자 각 병과에서 책임자가 나와 동기들을 인솔해갔다. 친구들은 같은 병과끼리 버스를 타고 어둠속으로 떠나갔다. 남아 있는 친구들은 버스가 안 보일 때까지 손을 흔들어 먼저 떠난 자들을 배웅했다. 손을 흔들던 친구들도 이어 도착한 버스에 실려 어둠 저편으로 넘어갔다. 나는 백여 명의 동기들과 경부선 열차를 탔다. 목적지는 대구였다. 육개월간 후반기 교육을 받을 곳이었다.

　포병학교에 입교하고 한 달 동안은 외출, 외박이 금지되었다. 군대나 경찰처럼 군기를 필요로 하는 집단의 공통적인 규정이었다. 그 기간이 지나고 첫 외박이다. 외박신고를 하고는 백여 명의 동기들이 석 대의 버스에 나누어 탔다. 첫 외박이어서 특별히 역에까지 실어다 준다 했다. 인원보고를 하는 듯 버스가 위병소 앞에 멈추어 섰다. 뭐가 좀 길어지나 싶은데 구대장의 목소리가 뒤쪽으로 날아온다.

　"김해진, 앞으로! 면회!"

분명히 내 이름인 듯한데 뒤에 붙은 게 '면회'란다. 첫 외박을 나가는데 면회라니? 아는 이라고는 같이 교육을 받고 있는 동기들이 전부인데, 그리고 그 친구들은 지금 모두 외박을 나가고 있는데, 그런데 면회라니? 구대장이 점심을 잘못 먹었나 싶었다.
　"김해진! 면회라고 임마!"
　구대장의 목소리가 한 켜 높아져 있다.
　옆에 앉은 친구가 옆구리를 쿡쿡 찌르며 고갯짓을 한다. 엉거주춤 일어서는데, 통로에 서 있는 애들 사이로 노란 옷자락이 비친다. 혹시…, 승민가? 그럴 리 없다고 생각은 하면서도 앞으로 나가려는데, 노란 옷자락이 군인들을 비집으며 뒤쪽으로 온다. 여기저기서 한마디씩 해댄다.
　"해진이 좋겠네!"
　"야아! 해진이 애인 완전 죽이는데!"
　"해진이 오늘 설 쉰다 아이가!"
　어, 진짜네. 승미네. 그런데 저 애가 어떻게 여기에 탄 거지?
　승미가 나를 보며 생긋 웃는다. 친구가 자리를 비켜줘 우리는 나란히 앉았다. 가슴이 팔딱팔딱 뛰고 있다. 진짜로 승미가 맞나? 옆을 돌아본다. 승미가 맞다. 맞기는 맞는데 이 애가 무슨 수로 여기까지 왔지? 그래서 지금 내 옆에 앉아 있는 거지. 귀신이 곡할 노릇이네.
　역 광장에 내리자 동기들은 제 갈 길로 흩어져 갔다. 나는 승미를 데리고 다방으로 들어갔다.

"야, 이게 어찌 된 일이냐? 너가 어떻게 면회를 다 왔냐?"

고작해야 주고받은 편지가 전부였고, 군대니까 주소가 '사서함'으로 돼 있어 내가 있는 장소를 알기도 어려웠다. 게다가 편지에 '면회' 같은 말은 있지도 않았다. 내가 있는 곳을 알아낸 것도, 그리고 광주에서 대구까지 면회를 온 것도 도무지 납득이 되지 않았다. 설사 내가 있는 곳을 알았다손치더라도 언제 면회 오겠다는 말은 하고 와야 할 것 아닌가. 무작정 왔다가 면회가 안되거나, 외출·외박이 금지돼 있으면 어쩌려고 했는가. 우리가 좀 일찍 나와 버렸으면 어쩔 뻔 봤는가. 먼 길을 그냥 돌아가야 할 것 아닌가. 여자라 역시 군대의 속성을 모르고 멋대로 일을 저지른 것 같았다.

"니가 보고 싶어서. 놀래켜 주고도 싶고."

승미는 재미있다는 듯 싱글벙글이다.

"야, 그래도 말을 하고 와야지! 외박 안되면 어쩔라고 그랬냐?"

나무라는 듯 싶지만 속으로는 좋아 죽고 있다. 승미가 바로 앞에서 생글거리고 있으니 오죽하겠는가.

"그 정도는 다 파악했지. 아무리 그래도 그 먼데서 무턱대고 왔을까봐."

승미는 여전히 싱글생글이다.

"너 진짜로 대단하다야!"

나는 다시 한번 놀란다.

"뭐, 그깟 걸 가지고."

별것 아니라는 듯 승미는 비긋이 웃고 만다.
 승미와 시내로 들어갔다. 낯선 도시여서 딱히 갈 곳이 마땅치 않았다. 영화를 보며 가장 만만하게 시간을 죽이고는 저녁을 먹었다. 소주도 한잔 곁들였다. 승미도 두어 잔 마셨다. 거리를 걷는 동안 승미는 내 팔을 깊게 끼었다. 어깻죽지에 느껴지는 젖가슴의 감촉이 따듯하다. 이제 우리가 연인이 되었다는 생각이 들었다. 그러면서도 마음 한 구석은 조마거리고 있었다. 갈 데라고는 딱히 여관밖에 없는데, 방을 두 개 잡기도 그러니 한 방에서 자야 할 텐데 이걸 어떡하나 싶었다. 고등학교를 졸업했으니 여관에 들어가도 되는지는 몰라도, 더구나 군복을 입고 있으니 아무렇지 않은지는 몰라도, 그래도 우리는 아직 한번도 그래본 적이 없었다. 주민등록증은 나왔지만 잉크는 아직 안 마른, 우리는 애송이들인 것이다.
 몇 개의 여관을 그대로 지나쳤다. 그러다가 눈 딱 감고 한 곳을 찾아들었다. 주춤거리며 내가 먼저 들어갔고, 멈칫거리며 승미가 따라 들어왔다.
 몸을 씻고는 바닥에 요를 깔고 누웠다. 승미는 침대에 누웠다.
 "아따, 지금도 이게 꿈인지 생신지 모르겠다야!"
 승미와 한 방에 있는 게, 그것도 전혀 낯선 곳에서 단 둘이 있는 게 현실 같지가 않았다.
 "조그만 아이가 군복을 입고 떠나는 모습이 영 안쓰럽드라. 기차를 타고 어둠속으로 멀어지는 니가 짠하기도 하고. 그래서 찾아가봐야겠다는 생각을 했었어."

그날 멀어지는 내 모습이 그래 보였던 모양이다. 나도 속으로 좀 그러기는 했지만 티를 안 내려고 일부러 어깨를 폈었다. 그런데 승미는 내 속마음을 읽었던가 보았다. 나는 남자니까 괜찮다면서, 나는 대한민국의 육군하사니까 아무렇지 않다면서, 어둠속에 남겨진 승미가 애드러웠는데, 그래서 자꾸만 쳐다보게 됐는데, 그런데 승미는 외려 내가 그래 보였나 보다. 우리는 그 점에서도 비슷했다.

"마침 친구 아빠가 이곳에 있더라아. 그래서 그 친구한테 이것저것 좀 알아봐 달랬지."

승미가 내 쪽으로 몸을 돌린다.

"군대생활은 할 만 해?"

하며, 팔로 턱을 괸 채 나를 내려다본다.

"이이. 아직은 교육중이라 갠짐해. 자대배치 받으면 모르것다만."

하루 종일 장비에 대한 교육을 받는지라 어려울 건 없었다. 뙤약볕 아래를 빡빡 기던 병영훈련에 대면 솔직히 이건 바닥 짚고 물장구치기였다. 좀 졸려서 그렇지 학교에서의 전공 수업과 별반 다를 게 없었다. 월급까지 받으며 하는 것이니 그것보다 백배 낫다고 할 수 있었다. 교육을 마치고 실전부대에 배치 돼야 진짜 군대생활이 시작될 것이었다. 대한민국 남자들이 다 하는데, 더군다나 우리는 고등학교 때 병영훈련까지 받았는데 까짓것 식은죽

먹기나 다름없을 거였다.

"너는 어쩌냐?"

나도 승미 쪽으로 몸을 튼다.

"공장에 다니고 있어. 동생 데려와 같이 살고. 좀 있다 공부 시작해 보려고."

승미의 눈길이 천장으로 옮겨진다.

"선생님의 꿈은 잘 간직하고 있지?"

나는 손깍지베개를 하며 승미를 올려다본다.

"응, 열심히 해볼 거야. 너도 그래야 해!" 하며 승미가 나를 내려다본다.

"그래야지."

나도 약속한다.

"불 끈다."

나는 일어나 불을 끄고 다시 자리에 누웠다.

천장에 들러붙었던 어둠이 삽시간에 방 안으로 퍼져 내린다. 어둠속에는 둘의 숨소리만 쌔근거린다. 어둠이 나를 보며 빙긋 웃는다.

네가 먼저 하는 거야. 남자인 네가 먼저 해야 하는 거야. 그런 거야. 뭘 망설여. 다들 그렇게 하는 거야. 그러면서 어른이 되는 거야. 괜찮아. 얼른 해.

나는 너덧 번의 숨을 더 쉬고 난 뒤,

"승미야, 우리 보듬고만 자끄나?" 해본다.

대답이 없다. 말을 잘못 꺼냈나? 서너 숨을 있는다. 에이, 모르겠다. 이왕 꺼낸 것, 사내자식이 끝을 봐야지. 일어나 이불을 들추며 승미 옆으로 들어간다. 멈칫, 하더니 승미가 자리를 내준다. 나는 얼른 승미 옆으로 스며든다. 그러고는 반듯이 눕는다. 가슴이 쿵쾅쿵쾅 뛴다. 어깨에 닿는 승미의 살에서도 뛰는 느낌이 전해온다. 너덧 숨을 그대로 있다가 승미 쪽으로 몸을 돌린다. 승미도 내 쪽으로 몸을 돌린다. 승미를 안는다. 이제 우리는 너를 안아도 되는 나이이다. 나는 군인이고 너는 직장인이다. 우리는 성인인 것이다. 그러니 이래도 되는 것이다. 맞대어진 심장 두 개가 쿵쿵거린다. 그렇게 서너 숨을 있는다. 승미의 입술에 입술을 댄다. 승미가 움찔, 한다. 입술을 핥던 혀를 입속으로 넣는다. 승미가 혀를 받아준다. 혀와 혀가 섞인다. 두 혀가 부드럽게 엉킨다.

윗도리를 벗기려 해본다. 승미가 흠칫 놀라며 몸을 뺀다. 두어 숨을 있는다. 그러다가 다시 해본다. 승미가 이번에는 가만 있는다. 브래지어에 손을 가져간다. 깜짝 놀라며 승미가 몸을 밀어내려 한다. 힘을 주며 승미를 안는다. 그대로 서너 숨을 있는다. 다시 브래지어에 손을 가져간다. 이번에는 승미가 가만히 있는다. 브래지어를 끄른다. 승미가 몸을 움츠리며 품으로 안겨든다. 부드럽고 따뜻한 것이, 내 가슴에, 와, 닿는다.

아! 금방이라도 터질 것 같은 가슴이다. 당장에라도 폭발해버릴 듯한 심장이다. 두 심장은 서로 맞대어진 채, 숨만 쉬며 그러고 있다. 승미를 손으로 쓸어본다. 머리를, 목을, 어깨를, 등을, 허리를, 쓸어내린다. 손이 앞쪽으로 넘어온다. 젖가슴에 살그머니 손을 대 본다. 승미가 찔끗, 진저리를 친다. 조심스레 젖가슴을 만지작인다. 승미가 이리저리 몸을 튼다. 손을 천천히 아래로 내린다. 배꼽을 지나 조심조심 아랫배로 내려간다. 승미가 바르르 몸을 떨더니 내 손을 움켜잡는다. 엉거주춤 그대로 있는다. 너덧 번의 숨을 들였다 쉰다. 말로는 부족해 손을 잡고, 손을 잡는 것으로는 부족해 입을 맞추고, 입을 맞추고도 부족해 기어이 몸을 나누는 것 아니냐. 너와 나는 이제 몸을 하는 사랑이 필요하다. 손을 아래로 내린다. 승미가 내 손을 놓아준다. 조심스레 바지를 벗긴다. 한기라도 들린 듯 내 손이 달달 떨리고 있다. 너덧 숨을 쉬었다가 팬티를 벗긴다. 승미가 살짝 엉덩이를 들어준다. 팬티를 내려 바닥에 놓는다.

  둘은 날몸인 채로 나란히 누웠다. 잉큼잉큼 뛰는 심장의 박동이 살갗에 느껴진다. 두 개의 심장이 같은 속도로 팔뜨락댄다. 얼른 몸을 돌려 승미를 안는다. 벗은 스무 살이 벗은 스무 살을 안는다. 뜨거운 스무 살이 뜨거운 스무 살을 안는다. 불의 입술이 불의 입술을 핥는다. 입술들이 불이 되어 서로를 핥는다. 입술을 내려 젖꼭지를 빤다. "아!" 하는 신음이 머리를 감싸 안는다. 더 세게 빤다. 더 커진 신음이 더 세게 머리를 안는다. 몇 번을 빨고는 승미 위에 몸을 얹는다. 승미가 다리를 벌려 나를 받아준다. 조심스럽게 가랑이를 더듬는다. 승미가 주춤거리며 내것을 잡더니 제 속에 넣어준다. "아!"하는 탄성이다. "아!"하는 신음이다. 불구덩이

속이다. 불구덩이가 불기둥을 품었다. 스물의 여자와 스물의 남자가 불이 되어 겹쳐 있다. 깜깜한 어둠이 두 스무 살을 덮어준다.

　다음날 승미는 광주로 돌아갔다. 송정리에서와는 달리 이참에는 승미가 떠나고 내가 남았다. 승미는 손을 흔들며 떠나갔고, 나는 손을 흔들며 거기 서 있었다. 세상의 모든 뒷모습이 그러겠지만, 그래서 뒷모습은 함부로 보는 것도 보이는 것도 아니라지만, 뒷모습으로 떠나는 승미가 참으로 짠하게 느껴졌다. 얼른 달려가, 가지 말라고, 가지 말고 그냥 여기 같이 있자고 붙잡고 싶었다. 떠나는 것과 보내는 것은 그런 마음인지도 몰랐다. 떠나보고 또 보내보면서 그 순간의 마음을 알게 되고, 그럼으로써 서로를 더 애절해 하게 되는 것 말이다.

　고속버스가 시야에서 사라지고 난 뒤에도 나는 한참을 거기 더 서 있었다. 발길을 돌리려 해도 무언가가 나를 붙들고는 못 떠나게 했다. 버스는 저 멀리 어디쯤 가고 있을 터인데도 마치 넋이 나간 듯 한하고 그쪽을 바라보고 서 있는 것이다. 왜 그런지 쉽게 발길이 안 떨어졌다. 알 수 없는 일이었다.

　어둠으로 차 있는 들녘을 바람이 쓸고 간다. 봄이 되면 저 들판은 생명의 것들로 가득하리라. 깡깡하게 얼어붙었던 모진 겨울을 뚫고는, 새, 움이 트고, 싹이 나고, 잎이 돋고, 그리고 그 위로 해가 비치고, 바람이 불고, 비가 내리고, 그리고 그것들은 서로 어우러져 또하나의 세계를 만들리라. 그것이 자연의 순환과정이리라.

하지만 나는 그때 여기 없으리라. 바닷속 어디로 사라지고 난 뒤이리라. 그러니 다시는 저것들 속에 섞이지 못하리라. 그것이 일회적인 것인 나의 운명이리라. 혹 모르겠다. 인간에게 혼이라는 게 있다면, 몸은 죽어도 혼은 살아 내내 이곳 어디에 머무른다고 한다면, 아마 한번쯤은 여자와의 이 자리에 와 볼 수도 있을 것이겠다. 그래서는 과거의 날들과 지금의 시간을 돌이켜볼지도. 안 그리고 육신의 죽음이 곧 존재의 끝이라면, 육이 숨을 맺는 순간 존재도 사그라지는 것이라면, 그렇다면 지금의 이 자리가 여자와의 마지막 장소가 될 것이겠다. 여자와 맺었던 지상에서의 짧은 인연도 이것으로 마침표를 찍으겠다.
"저, 뭔가……, 그니까……."
바람의 꼬랑지를 더듬고는 말을 꺼내보려 한다. 나오기가 힘이 드는지 말은 목에 걸린 채 뜨덤대고 있다.
"뭔데…, 그런가?"
두려운 무엇이 있기라도 한 걸까. 여자의 목소리가 나우 떨리는 듯하다.
"저, 뭔가…, 그니까 그때 말이네이……."
어찌어찌 말의 머리는 끄집어냈지만 중동부터는 아직 입에 물려 있다. 그래도 여자는 안엣것을 알아 차렸을 것이다.

6개월의 포병학교 교육을 마쳤지만 위로휴가는 취소되고 없었다. 5월에 있었던 광주에서의 일로 휴가가 없을 거라는 말들이 돌았었다. 그런데 그것이 현실이 된 것이다. 그만큼 국가 상황이 어지럽다는 반증일 게다. 우리들은 길게 한숨을 내쉬며 부대 배치를 받기 위해 보충대로 이동했다. 모두가 레이더를 정비하는 주특기였으므로 서너 군데를 빼고는 다들 산꼭대기 근무였다. 하늘을 방어하는 부대 특성상 남한의 곳곳에 흩어져 있고, 국토의 남쪽보다는 북쪽에 편중돼 있었다. 전출 명령을 받기 위해 보충대에 대기하면서, 그래도 포병학교 성적이 괜찮았으므로 도시 근교에 배정받을지도 모른다는 기대를 가져보기는 했다. 허나 그것은 군대가 '빽빨'이나 '운빨'이라는 것을 모른 너무나 순진한 생각이었다. 누나가 국방부에 근무한다는 친구는 성적이 뒤쪽임에도 자충이 되어 포병학교에 남았고, 당숙이 첩보부대에 근무한다는 동기는 일찌감치 부산으로 떠났다. 별 두 개를 작은아버지로 둔 친구는 그쪽 부대장이 직접 지프를 타고 와 서울 근교로 데려갔다. 역시 빽이 있으면 대한민국은 좋은 나라였다. 군대에서는 더더욱 좋은 나라였다.

'빽'이라고는 쥐뿔도 없는 동기들 다섯은 춘천 쪽으로 가게 되었다. 일단 대대로 갔다가 네 개의 포대로 나누어 배정될 것이었다. 전방이냐 후방이냐의 차이는 있겠지만 어디를 가나 산꼭대기일 것이니 거기가 거기일 것이었다. 어차피 하사를 달고 근무할 터이니 뭐 땅불쑥할 일이 있을 것도 아니었다. 강원도이기는 하지만 그래도 '춘천'이라니까 운이 좋으면 산골짜기로는 안 갈 수도 있겠다 싶었다. 하지만 그것 역시 군대 물정을 모르는 나만의 바람이었다. 대대 인사부에서 '브라보B, 2포대'로의 전출을 명 받았을 때, 그리고 그것이 '화악산'이란 걸 알았을 때, 나는 그나마 마음속에 품고 있던 일말의 기대나 희망을 완전히 버려야 했다. 일명 '매봉'으로 불리는 화악산은 포병이 근무하는 싸이트[8] 중에서 제일 높은 곳이었고, 그래서 근무조건도 가장 열악했다. 아무도 안 가려고 하는 오지 중의 오지였다. 대한민국 군대가 아니라 소련의 스키부대가 근무하는 곳이라 불릴 정도로 악명 높았다. 그런데 나더러 그곳으로 가라는 것이다. 거기 가서 사년 육개월을 채우라는 것이다. 빽빨도 운빨도 없는 놈은 아예 죽으라는 소리 같았다.

 GMC[9]는 강을 끼고 달리다 산을 돌고, 산을 후렸다가는 다시 강을 돌았다. 그러더니 어느 순간 강은 사라지고, 안돌이로 산길을 돌아도 산이고 지돌이로 재를 넘어도 또 재였다. 보이느니 산이고 떠있느니 산봉우리였다. 적기가 방향을 못 잡아 산마루에 처박힐 판인데 이런 산투성이에 무슨 레이더가 필요할까 싶었다. 헤까닥 돌지 않는 이상 어느 미친 조종사가 동네 하나 없는 첩첩산중을 전투기를 몰고 올까도 싶었다. 굽이굽이 한 시간을 넘게 달린 트럭은 예하부대인 포대에 도착했다. 포대는 산과 산 사이의 평지에 자리 잡고 있었다. '작전지역'을 지원하는 '행정지역'이었다.

---

[8] Site, 군대에서 레이더가 설치된 산꼭대기를 뜻한다.
[9] General Motors Corporation, 본래는 상표이름인데 군대에서 2.5톤 트럭을 가리키는 명칭으로 사용했다.

거기에서 이틀을 자고 싸이트에 올랐다. 부르릉거리면서 꽥꽥 대면서, 때로는 물매 싼 길을 뿔뿔 기면서 GMC는 한정없이 산을 오른다. 오른쪽으로 돌았다 왼쪽으로 꺾이고, 다시 오른쪽으로 돌았다 왼쪽으로 후린다. 그 높은 곳에도 물이 흐르는지 다리도 없는 서덜 위로 서너 번이나 내를 건넌다. 여름에 비가 많이 오면 오도가도 못할 듯 했다. 바퀴의 물을 털며 트럭은 다시 산을 오른다. 뒷걸음질로 멀어지는 비포장의 산길을 보며, 나는 먼지 같은 한숨을 쉬고 또 쉬었다. 이렇게 꼬인 길이 내것이 될 수도 있구나. 사람이란 게 이렇게 최악의 상황으로 밀릴 수도 있구나. 나한테 오지 말아야 할 상황은 세상에 없는 것이구나. 산꼭지의 교도소로 끌려가는 듯한 길에서 나는 그런 생각을 하고 또 했다.

헐떡거리며 한 시간 소수를 기어오른 트럭이 작전지역의 위병소를 통과했다. 산을 빙 돌고는 멈추어 서더니 엔진을 끈다. 더블 백을 메고 짐칸에서 내렸다. 블록으로 지어진 건물 앞이다. 언제 피어올랐는지 사방이 안개로 자욱하다. 벼랑을 덮고 있는 위장포와 카키색으로 칠해진 건물들에서는 물방울이 뚝뚝 듣고, 저만치에서는 발전기가 왱왱거려 안개 짙은 산봉우리를 울린다. 판초우의를 뒤집어쓴 병사가 저쪽 안개에서 걸어 나와 이쪽 안개로 사라진다. 마치 요괴들이 사는 첩첩산중의 안개마을에 온 것만 같다.

'아, 씨팔! 군대생활 좆됐구나!

화악산 1400고지에 내린 내 첫 마디였다.

한반도에 있기는 한데 전혀 한반도 같지가 않은 곳이었다. 여름철에도 밤에는 야전상의를 입어야 했고, 내무반이나 사무실에는 사시사철 난로가 설치돼 있었다. 고지대의 특성인지 하루에도 열댓 번씩 날씨가 바뀌었다. 금방 저만치에 해가 보였는데, 오줌 누고 돌아서면 비를 뿌리고 있고, 비를 피해 잠시 사무실로 들어오면 밖에는 다시 쨍쨍하니 해가 나 있다. 장비를 고치려고 밖으로 나가면, 이번에는 느닷없이 뿌옇게 안개가 밀려들었다. 밀려가는 서편 안개에서 눈을 돌리면, 동쪽 저편에는 해님이 생긋대고 있다. 구름 위에 서서 저 아래의 비 내리는 풍경을 보기도 하고, 비를 맞고 서서 저기 해 비치는 동네를 구경하기도 했다. 마치 저 위의 어떤 존재가 심심풀이로 날씨 마술이라도 부리는 듯했다. 역시나 뭐니뭐니해도 그곳의 압권은 겨울이었다. 산 아래는 아직 가을인데도 꼭지에는 벌써 눈이 내렸고, 저 아래 들판에는 봄꽃들이 만발한데도 꼭지에는 여전히 눈이 쌓여 있었다. 한겨울이 되면 영하 30도가 기본이었다. 그것은 온도계가 가리키는 계기상의 눈금이었고, 바람이 얹힌 체감온도는 영하 50도를 방불케 했다. 좀 과장하자면 눈밭에 오줌을 누면 아래서부터 차근차근 얼어 오른다고 할 정도였다. 그런 날이 시월 하순에서 삼월 중순까지 이어졌다.

처음이 그렇지 살다보니 또 그럭저럭 적응이 되기는 했다. 그렇게 높게 느껴지던 봉우리도 시간이 지나면서 동네 뒷산처럼 생각되고, 변화무쌍한 날씨도 그러려니 여겨졌다. 사람은 다 살아지게끔 돼 있는 모양이었다. 거꾸로 매달아도 국방부 시계는 돌아갔다. 레이더가 고장 안 나면 특별히 할 일이 없으니 그런 때는 구름을 쳐다보며 시간을 보냈다. 세상에서 멀어 하늘은 더 푸른 보자기였고, 세상에서 높아 구름은 더 커다란 솜뭉치였다. 저 앞에 떠 있는 구름을 잡아타고 둥실둥실 하늘을 떠갈 수도 있을 듯 했다. 그렇게 구름을 좇다가 저 멀리 어디에 있을 승미를 생각했다. 왜 그 애는 한마디도 없이 그렇게 소식을 끊어버렸을까. 절대 그럴 애가 아닌데 왜 그랬을까. 피치 못할 사정이라도 있는 걸까. 생각은 꼬리를 물며 남쪽으로 남쪽으로 흘러갔다. 밤이면 경계근무를 서다가, 높은 곳이라 더 밝기만 한 북쪽의 별을 우러르며 승미와의 옛날을 떠올렸다. 아직도 그 애는 별을 간직하고 있을까. 그때 꾸었던 꿈을 지금도 가슴속에 품고 있을까. 혹은 그 꿈의 초입에라도 들어갔을까. 별들은 저리도 밝기만 한데 내 별은 어디로 가버렸을까. 별은 지금도 저렇게 빛나는데 내 꿈은 어디로 떠내려가고 있을까. 그런 생각을 하다 눈을 내리면 멀리에는 흘러가는 고속도로의 불빛이었다. 이엄이엄 달리는 불빛을 따라 나도 남쪽의 곳으로 가고 싶었다. 할머니와 아버지, 어머니와 동생, 그리고 승미가 있는 곳이다. 금방이라도 갈 수 있을 듯해 발을 떼면, 어깨에는 총이고 눈앞에는 철조망이다. 나는 경계근무를 서는 중이었다. 그제서야 현실로 돌아온 나는 갈 수 없는 나를 울었다. 언제 내려왔는지 별들이 손을 뻗어 울먹이는 내 어깨를 토닥여주고 있었다.

자대 비치를 받고 두 달이 지나 첫 휴가였다. 가을이 깊어가고 있는 즈음이었다. 승미네 집에 가 보았다. 어머니인 듯한 아낙이 마당에서 우케를 넣고 있었다. 질앞을 들어서며 인사를 했는데, 고개를 든 아낙의 눈길이 순간적으로 경계하는 쪽으로 바뀌었다. 직접 만나본 적은 없으니 나를 알 리 없었다. 나를 알고 있다면 경계할 까닭은 더 없었다. 그런데 나를 보자마자 눈꼬리를 감추며 두려워하는 표정을 짓는 것이다. 암만해도 내가 입고 있는 군복 때문이 아닌가 싶었다. 그게 아니라면 벌건 대낮에 자신의 집에서 그런 태도를 취할 리 없었다. 내가 무슨 무기를 든 것도 아니고, 그렇다고 당신에게 달려든 것도 아니고. 얼른 재 너머 저쪽에 사는 동창 친구라고 신분을 밝혔다. 그리고 승미의 소식을 물었다. 아낙의 얼굴에서 경계의 빛이 조금 풀리는 듯 하더니, 그런데 이참에는 느닷없이 흐느끼기 시작한다. 아낙이 그 자리에 털썩 주저앉으며 우케를 쓸던 손으로 덕석을 내리치며 곡을 하듯 서럽게 우는 것이다. 영문을 몰라 안절부절못하고 있는데 봉창문이 열렸다. 그리고 한 사내가 얼굴을 내밀었다. 병색이 완연한 낯빛이었다. 승미의 새아버지인 듯했다. 울고 있는 아낙과 우두커니 서 있는 나를 흘깃 훑고는 사내는 무심히 봉창문을 닫았다. 별것도 없는데 괜시리 시끄럽게 군다는 표정이었다. 한참을 울고 난 아낙은, 아무것도 모르니 그냥 가라고, 그게 도와주는 거니까 핑가라고 휘어진 손가락으로 갈퀴손을 저었다. 분명히 무언가 감추고 있는 것 같은데 말하기를 저어하는 태도였다. 그렇다고 가는 게 도와주는 거라는데 거기다 대고 무엇을 더 물을 수도 없는 일이었다. 그냥 돌아서 나오는 수밖에 없었다.

광주에서 친구들에게 대충의 이야기를 들을 수 있었다. 확실히는 모르는데 광주에서 동생은 총에 맞았고 승미는 어깨를 다쳤단다. 그래서 동생은 망월동에 묻혔고 승미는 그 길로 광주를 떠났단다. 경기도 어디의 친척집으로 간다 했단다. 친구들과 왕래가 잦지 않아 잘은 모르는데 그런 얘기들이 돌았다 했다. 그래도 혹시나 싶어 마지막 편지에 적힌 주소로 찾아가 보았다. 승미와 입영전야를 했던 그 집이었다. 주인아저씨 역시 같은 말을 했다. 언니와 동생이 같이 살았는데 동생은 총에 맞아 죽었고 언니는 어깨를 다쳐 친척집으로 갔단다. 자기도 더 이상은 모른다 했다. 광주에 대해 쉬쉬하는 분위기이니 말하기를 꺼리는 것도 같았다.

끝까지 찾아보고 싶었으나 더는 방법이 없었다. 서울 가서 김서방을 찾을 수도 없는 노릇이었다. 휴가도 하루밖에 안 남아 있었다. 아쉬운 마음을 뒤로하고 열차를 탔다. 돌아와 생활하면서 승미 생각을 했지만 뾰족한 수가 없었다. 나는 철조망 안에 있어야 하는 군인이었다. 거기에다 '광주'라는 도시는 언급해서는 안 되는 단어였다. '광주'라는 단어를 꺼냈다가는 모두 '유언비어 유포'에 의한 '계엄 포고령 위반'으로 잡혀 들어갔다. 사회에서 그러니 군대에서는 말할 건덕지도 없었다. '광주'라는 이름은 이 땅에 존재하지도 않았고 존재하지도 않는 것으로 취급되었다.

두 번째 휴가 때도 승미네 집에 가 보았다. 봄이 겨울과 씨름하고 있는 어름이었다. 아낙의 태도는 저번과는 달리 좀 부드러워졌지만 승미에 대해서는 여전히 입을 다물었다. 뭔가를 숨기고 있는 게 틀림없었다. 아마 승미가, 나에게는 절대 무슨 말이건 해서는 안된다고 하냥다짐을 받은지도 몰랐다. 그런 한편에는 어떤 경계심도 발동하고 있는 듯했다. 광주와 관련된 사람들을 '폭도'라고 부르고 있으니 딸들이 광주와 연루됐다는 게 알려질까 두려워하는 것 같았다. 옛날에 집안에 '빨갱이'가 있다는 게 소문나는 걸 저어하던 모습과 비슷했다. 그런 것에 더해 아낙의 입장에서는 '딸들'에 관해서 더 이상 말하고 싶지 않은 마음도 있을 것 같았다. 하나는 죽고 하나는 다쳤으니 부모로서의 마음이 오죽하겠는가. 몸이 찢기고 창자가 끊어지는 심정이리라. 그래서 더는 묻지 못하고 돌아서 나왔다. 언젠가 만날 날이 있으리라 생각하며 나는 내 자리로 돌아와 군대생활을 계속했다.

2년을 영내에서 보내고 영외거주를 하게 됐다. 임용한 지 2년이 되는 장기하사는 육군 규정에 따라 예외 없이 영외거주를 나가야 했다. 부대에 따라 육 개월 일찍 나가는 경우도 있지만 두어 달 당겨 나가는 게 보통이었다. 그 두어 달을 위해 포대장과 정비관에게 '짜웅'이 필요하기는 했다. 나도 두 달 일찍 영외거주를 나가게 됐다. 물론 관례대로 짜웅은 해야 했다.
한미연합 훈련 종료를 핑계 삼은 부대회식에 내 영외거주 축하가 곁가지로 끼었다. 일차는 갈빗집이었다. 술이 몇 순배 돌고 사이사이에 흘러간 유행가가 양념으로 섞였다. 정비관의 십팔번 '개나리 처녀'가 우물에서 물을 길었고, 포대장의 '아파트'가 뒤를 이었다. 부대원들의 환호성 속에 '아파트' 문이 닫히고 노래는 마침표를 찍었다. 1차가 끝난 셈이다. 자리를 턴 영외자들은 삼삼오오 떼를 지어 술집을 떠돌다, 어디 스탠드바에서 노래도 한 자리 부른 뒤, 이슥한 밤에 알코올에 더 젖어 순댓국집이나 포장마차에서 다시 만나질 것이다. 우리동네만밖에 안한 읍내야 빤한 행로였다.

참석자가 정해져 있는 2차는 룸싸롱이었다. 포대장, 정비관, 섹션반장, 그리고 그날의 술값 부담자인 영외거주 주인공 나까지 네 사람이었다. 영외거주 주인공은 그 골목을 지나야만 '영외'라는 운동장으로 나갈 수 있었다. 24개월이 되면 당연히 나가는 게 규정이지만, 군대규정이니까 반드시 그렇게 해야 되는 게 맞는 것이지만, 사회가 됐든 군대가 됐든 일이라는 게 또 꼭 규정만으로 되는 것은 아니어서, 당사자는 당사자대로 조금이라도 일찍 나가고 싶고, 정비관은 중간에서 선심을 쓴다는 듯 포대장에게 그것을 건의하고, 좋은 게 좋다고 포대장은 또 못이기는 척 정비관의 말을 들어주고, 그래서 당사자는 그 대가로 여자가 있는 술집에서 술을 사는 것이다.

문을 열고 들어서니 우하니 유행가가 달려든다. 천장에는 색깔 불이 빙글거리고, 그 아래에는 진하게 화장을 한 여자 셋이 담배를 피우고 앉았다.

"어서 오세요."

여자들이 일어서며 인사를 한다.
"이쪽으로 들어가세요."
안쪽에 있던 여자가 룸으로 안내한다.
섹션반장이 앞에 들어가고, 정비관, 포대장이 뒤를 따랐고, 내가 맨 꽁무니다. 잠시 앉아 있으려니 여자 셋이 들어온다. 여자들은 포대장, 정비관, 섹션반장 옆에 나누어 앉는다. 아가씨가 셋밖에 없는지, 아니면 나를 '쫄따구'로 여겨서인지 내 옆에는 아가씨가 안 앉는다.
"김 양이예요. 잘 부탁드려요."
"미스 정이예요……."
"미스 최……."
옷차림으로 술을 마시게 하려는지 여자들은 하나같이 아슬아슬한 매무새다. 설명한 치마야 테이블에 가려 상관없다지만 살짝만 가린 젖가슴은 내내 눈길을 당혹하게 했다. 맞바라기인 김 양의 가슴골을 피해 테이블로 눈을 내리는 것이지만 흘끗거리는 시선까지는 다잡아두지 못했다. 나는 어쩔 수 없이 한 마리 수놈이었다.
술과 안주가 들어오고 그렇고그런 술자리는 시작되었다. 전작이 있어서인지 술자리는 초장부터 아연 활기를 띤다. 권커니잣커니 술잔이 흘러 다녔고 홀에서 새어드는 유행가 가락이 술잔을 따라 돈다.
내가 한쪽에서 베돌고 있자 정비관이 미스 최를 내 파트너로 지목했다. 그날의 주인공은 나라는 것이다. 미스 최가 내 쪽으로 옮겨 앉더니 팔짱을 낀다. 젖가슴의 감촉이 어깻죽지에 물컹하다. 나는 얼른 옆으로 몸을 뺐다.
"어머, 이 아저씨, 숫총각인가 봐!"
미스 최가 더 바짝 달라붙으며 옆을 낀다.
당혹해하는 나를 보고 모두들 재미있다는 듯 깔깔댄다. 달아오른 내 얼굴은 아마 붉은 조명만큼이리라.
술이 몇 순배 돌자 포대장과 정비관은 본격적인 돌격을 개시한다. 잠깐 체면을 차리는 듯하던 그들이 술집에서 해야 하는 본연의 행동을 시작한 것이다. 젖가슴에 손을 넣어 주무럭거리더니 곧바로 젖꼭지를 빨아댄다. 다른 사람의 눈은 있으나마나. 나이도 계급도 체면도 소용없고 오직 수놈으로서의 본능만 작동하는 듯하다. 이참에는 아래를 만져대는지 여자가 몸을 빼며 소리를 지른다. 음흉한 웃음을 지으며 포대장이 천 원짜리 두 장을 여자의 젖가슴에 찔러 넣는다. 딸 또래의 젖꼭지에 정신이 없던 정비관도 똑같이 한다. 젖가슴에 돈을 찌르고는 다시 그곳에다 머리를 박는다. 그들이 그러나따나 나는 고개를 돌린 채 아가씨가 따라주는 술만 들이켰다. 본전을 찾으려면 어서 너도 저렇게 하라는 듯 반장이 눈을 째긋거렸지만 못 본 척 했다.
몇 잔을 마시고는 소변이 마려워 자리를 빠져나왔다. 볼일을 보고는 홀로 들어왔다. 유행가에 얹힌 색깔 불이 머리 위에서 빙빙거린다. 돌고 있는 불빛 탓인지 술이 좀 오르는 듯하다. 룸에서는 여전히 낄낄깔깔 재미들이다. 그냥 가버렸으면 싶은데 쫄따구인지라 그럴 수도 없다. 정신을 가다듬으려고 머리를 흔들어 본다. 미러볼 불빛이 좌우로 휘청댄다. 고개를 바로하니 앞에는 거울로 된 벽이다. 거울 저쪽에도 뱅글뱅글 색깔불이 돌고 있다. 나를 따라나온 듯 거울 저 안쪽에는 미스 최가 담배를 피우고 앉았다. 왠지 여자의 모습이 처량해 보인다. 당신의 살이도 참 뻐치겠구나힘들겠구나. 언제까지일지는 몰라도 앞으로도 많이 갑갑하겠구나. 한번 꼬인 인생들은 영영 풀릴 줄 모르겠구나. 당신도 나도, 또 누구도 그러겠구나. 그런 생각을 하며 두 손으로 얼굴을 쓸어 마른세수를 하는데 뒤에서 누가 덥석 껴안는다. 물컹한 탄력에 화장품 냄새가 곁들여진다.

거울 속에서 담배를 피우고 앉았던 여자리라. 그 여자가 지금 뒤에서 나를 안은 것이리라. 그나저나 이를 어쩐다? 뿌리친다 만다? 주춤대고 있는데 뒤의 육체가 흐느적대기 시작한다. 내 뒤에 자신의 앞을 밀착시키고는 음악에 맞춰 몸을 흐늘대는 것이다. 갑작스런 상황인 데다 술에까지 젖어 있어 무르춤해 있었다. 음악이 빨라지면서 뒤의 육체는 더 물컹하게 몸을 밀착시킨다. 그러면서 이리저리 꿈틀거리더니, 런닝 속으로 두 손을 넣어 가슴을 쓴다. 장어 두 마리가 짙게 엉겨 뻘밭을 흐느적대고 있는 형국이다. 그러고 있는데 뜨거운 무엇이 뒷목에 와 닿는다. 이크! 이건 뭐지? 고개 들어 거울을 보니, 여자의 혀가 내 뒷목을 핥고 있다. 여자의 손이 흐늘흐늘 아래로 미끌어져 내린다. 그러더니 딸깍, 버클을 딴다. 어쩌자는 거지? 대체 뭘 어떻게 하자는 거지? 그나저나 이걸 어째야 쓴다지? 하지 말라고 해얄 것 같은데 어찌해야 한다지? 생각은 그리하는데도 몸은 이미 나라진 상태다. 에라, 모르겠다, 갈 데까지 가보자. 육군하사가 여자한테 걸려 죽기야 하랴. 또 이러다 죽는대야 뭐 미련일 거야 있으랴. 여자의 손이 바지 앞단추를 푼다. 그대로 있는다. 몸이 생각을 안 따라준다. 생각은 이미 여자의 손에 넘어가 버린 뒤다. 넨장, 가는 데까지 가보자. 죽어도 할 수 없다. 주인의 마음을 아는지 모르는지 팬티 속의 녀석은 돛대꼬작[10]으로 꼿꼿이 서 있다. 좀 쪽팔리기는 하다. 하지만 이미 벌어진 판이다. 이제 와서 여자를 뿌리칠 수도 풀린 혁대를 여밀 수도 없다. 젠장, 니 꼴리는 대로 해부러라. 여자의 손이 느적느적 팬티 속으로 들어온다. 그러더니 빳빳이 서 있는 그것을, 콱! 움키어 쥔다.

"아!"

눈을 감으며 유리벽에 머리를 박았다. 그리고 한참을 블루스로 흔들렸다. 그러다가 눈을 떴다. 유리벽에 머리를 박은 채 팽이처럼 돌고 있는 느낌이다. 그렇게 빙빙거리고 있는 머릿속에 느닷없이 그 별이 떠올라왔다. 승미와 함께 보았던 별이다. 그런데 그 별이 저 멀리로 사라지고 있는 듯 끄먹거리고 있다. 나는 한참을 느껴 울었다. 그것이 멀어진 별 때문인지, 그렇게 흔들리고 있는 내 자신 때문인지는 알 수 없었다.

---

10) 돛대처럼 꼿꼿이 서는 것

술자리가 있고 난 다음날부터 출퇴근이 허락되었다. 그런데 그렇게도 소망하던 영외거주가 **시작**됐는데도 나는 일주일을 더 영내에 머물러야 했다. 퇴근할 공간을 마련해야 했는데 그게 여의치 못해서였다.

스물너덧 되는 영외자들은 **대부분** 읍내에 살고 있었다. 부대 앞에 동네가 형성돼 있지만 그곳에 사는 사람들은 서넛밖에 안됐다. 미군들이 근무했을 때는 **제법** 벅신거렸을 것이나 그들이 떠난 뒤에는 급격히 쇠락해진 상태였다. 이발소에, 하숙집에, 구멍가게에, 그리고 과부가 술을 치는 탁주집이 편의시설의 전부였다. 읍내 나가는 버스가 하루에 두 번밖에 없는 산골마을이었다. 그것도 그랬지만, 부대 바로 앞인지라 퇴근해 쉬다가도 장비에 이상이 생기면 밤중에도 불려 들어가야 했다. 철조망 밖에 있는 행정지역이라 하는 게 맞는 표현이었다. 그런저런 탓에 GMC로 한 시간이 걸리지만 영외자들은 읍내에서 출퇴근을 했다.

영외거주를 앞두고 나도 읍내로 나가고 싶었다. 식사 문제도 그랬지만, 산골짝을 벗어나 사제인간도 좀 구경하고 세상 구경도 좀 하고 싶었다. 손바닥만한 읍내지만 그래도 산골마을보다는 나을 것이었다. 그런데 형편이 녹록지 못했다. 형을 피해 공고에 진학했지만 그 동안도 집안 사정은 나아진 게 없었다. 농사로 먹고사는 집에 펴질 꺼리가 없기는 했다. 일년 사이에 고구마가 스무 배로 달릴 리도 없고, 벼 포기에 나락 대신 금싸라기가 열릴 리도 없었다. 농사는 똑같은데 자식들은 하루가 다르게 커가니 형편이 점점 옹색해질 것은 빤한 이치였다. 제대한 형이 복학을 한 데다 후년이면 동생까지 광주로 진학할 예정이었다. 사립 대학생과 고등학생의 육지로의 유학은 부모님의 허리가 휜다 해도 불가능에 가까운 일이었다. 마지막까지도 머뭇댔을 아버지가 형의 등록금을 부탁했을 때 나는 대학 준비를 위해 붓고 있던 적금을 깨야 했다. 딱히 형을 위한다기보다는 부모님이 안타까워서였다. 오죽했으면 제대로 뒷바라지도 못한 자식에게 손을 내밀까 싶었다. 아버지가 느꼈을 그 비애를 자식 된 자로서 외면하기 힘들었다. 송금을 하고 난 뒤의 심정은 트럭 뒤에 실려 굽이굽이 산길을 오를 때보다 더 절망적이었다. 아무리 높다 해도 '매봉'이야 몸으로 때우면 되지만 돈은 그럴 수 있는 게 아니었다. 아버지가 해결할 수 없는 것처럼 그것은 나에게도 버거운 상대였다. 가난은 대를 이어 힘든 일이었다. 그 뒤로도 나는 월급의 일부를 아버지께 보내고 있었다. 그러니 재형저축과 집에 부치는 돈을 제하고 나면, 월급날 저녁부터 다음 월급을 기다리는 신세가 돼야 했다. 일 년에 네 번 나오는 상여금이 없으면 생활하기가 어려울 지경이었다. 그러니 돈이 적게 드는 부대 앞을 택한 건 현실이 만든 어쩔 수 없는 선택이었다.

동네에는 미군들을 상대했던 흔적이 많이 남아 있었다. 스물댓 가구 되는 산골짜기 동네에 클럽이었던 자리가 둘씩이나 됐고, 세탁소와 이발소도 있었던 듯했다. 가장 두드러진 건 여러 개의 방이 있는 집들이었다. 일명 '양공주'들이 미군을 상대했던 곳인데,

일정한 크기의 방들이 숙소처럼 줄줄이 만들어져 있었다. 그런 집이 동네에 서너 군데 됐다.

여름 물난리 때 도와주었던 집으로 들어갔다. 동네에 아는 사람이 없기도 했지만 그때 보니 방이 여럿이어서였다. 녹색의 대문을 열고 들어서면, 집은 큰길을 등진 채 앞산을 향해 ㄴ자로 앉았고, ㄴ자의 꺾어진 부분에 출입문이 달렸다. 문을 열고 들어서면 양쪽으로 복도가 뻗어 있고 거기에 세 개씩의 방이 잇대었다. 앞쪽의 빈지문을 열면 마당이다. 마당 앞쪽에는 허리 높이로 텃밭이 만들어졌고, 텃밭 가장자리로는 담장 대용으로 함석이 길게 둘렀다. 그 너머에는 내가 흐르는데, 앞에 자리한 둔덕이 탕개가 되어 내를 조이고 있다.

"실례하겠습니다."

복도에 서서 말 기침을 했다. 겨울이라 해가 짧기도 했지만 앞에 있는 둔덕 때문인지 실내는 어두침침하다.

"아주머니 계세요?"

주인이 있을 방을 향해 좀 더 큰 소리로 불렀다.

"누구세요?"

뒤쪽에서 문이 열리며 대답이 따라온다. 깜짝 놀라며 뒤로 돌았다. 딸깍, 전등이 켜지고 복도가 환해진다.

"안녕하세요?"

모자를 벗으며 불빛 아래로 한 발짝 다가섰다.

"누구시더라. 잘 모르겠는데……."

혼자 사는 여자의 습성일까. 주인은 손잡이를 잡은 채 고개만 내밀어 나를 응시한다. 여차하면 문을 닫고 들어갈 태세다.

"저어, 여름 물난리 때……."

나는 전등 아래로 고개를 더 내밀었다.

"아! 김 하사!"

'짐 옮겨줬던'이란 말을 꺼내기 전에 여자의 대답이 먼저다. 표정이 반갑게 변하며, "들어오세요" 하더니, 안으로 들어가 방을 정리한다. 나는 토방에 걸터앉아 천천히 군화 끈을 풀었다.

방은 여자만큼이나 정갈하다. 한쪽에 자리한 장롱과 그 옆의 경대, 그리고 구석에 놓인 몇 개의 화분이 손님을 맞는다.

나를 앉혀두고 여자는 커피를 끓이고 과일을 내오고 야단이다. 갑작스런 대접에 외려 얼떨떨하다.

"지난번엔 미안했어요. 경황이 없어 대접도 못하고."

하며 나를 슬쩍 쳐다보고는,

"한번 불러야지 하면서도 그게 쉽게 안되네요." 하며 칼로 사과의 밑을 돌린다.

물난리 때 도와줬던 얘기다. 바로 앞에 있는 내가 넘쳐흘러 동네가 물바다가 됐다. 그때 사병들을 인솔해 와 침수돼가고 있는 집에서 살림을 옮겨줬었다. 그것에 사례하지 못했다는 얘기다.

"괜찮습니다. 마땅히 할일을 한 건데요 뭐."

여자가 텔레비전으로 눈을 돌린다. 쪽을 진 머리에는 흰머리가 많이 섞였다. 쉰을 넘겼을까, 예순 가차이 됐을까. 잘 가늠이 안된다.

"아주머니 방은 저쪽이었잖습니까?"

커피 잔을 들며 물었다. 방이 바뀌어 있어서였다.

"그래요. 저쪽이었는데, 물난리 겪고 나서 이쪽으로 옮겼어요."

여자의 눈길이 저쪽으로 갔다가 이쪽으로 옮겨진다.

"왜요? 저쪽 방이 더 클 것 같은데요."

한 모금 마신 후 방을 둘러보았다. 그때 언뜻 보았지만 저쪽보다는 확실히 작은 느낌이다.

"너무 커서요. 물난리 후에 이 방 살던 은자도, 옆방 살던 이 중사도 나갔어요. 모두 나몰라라 나가버리고 큰 집에 혼자 있으려니 어찌나 허전한지······." 하더니 커피를 한 모금 할짝이고는, "이 방이 길 옆이라 사람 소리도 있어 덜 무섭고 해서요." 한다.

낡은 흑백텔레비전이 찌지직댄다. 여자가 일어나 실내 안테나를 이리저리 돌려본다.

"아주머니, 부탁이 있어 왔습니다."

여자가 앉기를 기다려 본론으로 들어갔다.

"제가 이번에 영외거주를 나왔습니다. 읍내로 나갈까 했는데 출퇴근 문제도 있고 해서 그냥 이 동네에 있으려고요."

경제적인 이유 때문이라고는 하기가 그랬다.

"그래서 방 하나 주십사 왔습니다."

부탁한다는 의미로 몸을 앞쪽으로 조금 수그렸다.

"그래요!"

여자가 반가운 표정을 짓더니,

"잘됐네요! 내가 쓰던 방이 보일러도 놔 있으니, 그럼 저 방 쓰세요." 한다.

에멜무지로 온 것인데 의외의 흔쾌한 허락에 오히려 뭐가 있는 것은 아닌지 미심쩍기까지 하다.

"빈방으니까 그냥 와서 사세요." 하며 여자가 포크로 사과를 찍어 내민다.

"그렇게까지 할 수 있습니까. 방 주는 것만도 고마운데요. 방세는 드릴게요."

나는 사과를 받아 한 입 뻤다.

"비어 있는 방인데 어때요. 전기세만 내고 사세요."

여자가 텔레비전으로 슬쩍 눈을 돌린다. 텔레비전을 보는 건 아닌 것 같다. 여자에게 텔레비전은, 언제라도 눈길을 받아주는 다정한 친구인 듯 싶다.

"방 좀 구경할게요."

여자가 나보다 먼저 일어나더니 마루의 불을 켠다.

방은 혼자 지내기에는 맞춤했다. 들여놓을 것이 없으니 외려 크지 싶었다.

"그럼 며칠 있다 오겠습니다. 안녕히 계십시오."

대문을 나서자 밤을 실은 겨울바람이 사정없이 밀려든다. 어둠의 가루가 사방으로 흩뿌려져 차운 세상을 덮고 있다.

나는 사흘 후에 다시 그 집을 찾았다. 군용 매트리스와 모포 몇

장, 그리고 세면도구와 백여 권의 책, 두어 달 남은 스물하나의 청춘, 그것들이 산골짝의 시골집에서 영외거주를 시작한 내 살림살이였다.

 영외거주를 시작한 지 한 달여가 지났을까. 출퇴근하는 생활에 익숙해지고 있을 즈음이었다. 무언가 시끄러운 기계음에 잠이 깼다. GMC가 멱 찔린 돼지처럼 꽥꽥거리며 아직 잠 속에 뒤척이는 샐녘의 산과 들을 훑고 간 소리였다.
 읍에서 출발한 통근차는 한 시간을 달려 일곱 시에 행정지역에 닿는다. 다시 한 시간을 산을 올라야 하므로 위병소에 대기하고 있는 다른 차로 갈아타고 작전지역으로 향한다. 군용트럭에 스티로폼을 덮고 그 위를 군용 천으로 싼, 부대에 있는 2와2분의1톤 중에서 A급 차량이 통근차다.
 통근차는 떠나버리고 어차피 늦은 것, 차분하게 출근하는 수밖에 없었다. 쫄따구가 벌써 빠졌느니, 다시 영내로 불러들여야 하겠느니 정비관은 지청구를 하겠지만 어쩔 수 없는 일이었다. 영외거주한 지가 얼마 안돼 익숙지 않다 할밖에.
 늦었는데도 오히려 느슨한 마음으로 이불을 개키다보니 이상한 생각이 들었다. 그날따라 아주머니가 나를 안 깨운 것이다. 여섯 시면 정확히 깨워 간단한 요깃거리를 주었는데 그날은 그렇지가 않았다.
 이불을 대강 정리해두고 주인아주머니 방으로 갔다. 겨울아침이 지게문 밖에서 덜덜거리고 있다.

"아주머니!"

대답이 없다.

"아주머니!"

소리를 한 뼘 높였다. 역시 아무 소리도 안 난다.

"아주머니! 어디 아프세요?"

마루로 올라서서 문을 두드렸다. 여전히 반응이 없다. 순간적으로 방 안의 연탄난로가 머리를 스쳤다. 스멀스멀 연통을 빠져나오고 있는 연탄가스, 고통스러워하며 엉금엉금 밖으로 기어 나오려다 문 앞에 쓰러지는 아주머니의 모습. 벌컥 문을 열었다.

"아주머니!"

그렇지는 않다. 이부자리는 단정하고 아주머니는 이불속에 옹크린 채 얼굴만 내밀고 있다.

"어디 아프세요?"

손잡이를 잡은 채 머리만 방으로 디밀었다. 그래도 어쨌든 여자 혼자 사는 방인데 아침 일찍 무턱대고 들어가기가 그랬다.

"………."

눈만 빵긋거릴 뿐 아주머니는 대답이 없다.

"어디 많이 안 좋으신 모양이네요."

방으로 들어가 이부자리 옆에 앉았다. 출근은 다음 일이었다.

아주머니는, "추워서 못 일어나겠어. 몸살 났나 봐." 하며 이불 밖으로 손을 내밀어 내 손을 잡더니, "이리 좀 들어와. 추워 죽겠어." 한다.

손을 잡힌 채 여자의 얼굴을 내려다보았다. 눈에 들어온 것은 이마를 흐르고 있는 주름이다. 얼마인지는 모르겠으나 여자가 걸어온 세월의 흔적이겠다. 거기에 혼자 사는 외로움이 잔 줄금으로 더해졌을 터이다. 그런데 지금 그 여자가 추워 죽겠으니 이불 속으로 들어와 달라고 하고 있다.

몇 숨을 추스르다 이불을 들추고 들어가 아주머니 옆에 누웠다. 그렇게 두어 숨을 있었다. 내가 누워 있으려고 여기 들어온 게 아니지. 나는 지금 추워죽겠다는 여자를 녹여주려고 이불속에 있는 거지. 몸을 돌려 여자를 안았다. 여자가 품속으로 쏙 들어온다. 마치 훌짝거리고 있는 어린애를 안은 느낌이다. 그렇게 얼마를 있었을까. 설마 이게 욕정은 아니겠지. 이건 절대 욕정은 아니야. 이건 혼자 사는 여자에 대한 연민이야. 외로운 사람에 대한 동정인 거지. 그런 생각으로 갈팡거리고 있는데 여자의 손이 시적시적 붇두덩으로 내려온다. 그러더니 느럭느럭 팬티 속으로 들어와 내 그것을 잡는다. 그러고는 살짝살짝 쪼무락인다. 마치 어린애가 진흙을 갖고 노는 듯하다. 그러고 있기를 얼마쯤, 퍼뜩, 출근해야 된다는 생각이 머리를 쳤다.

"저 출근해야 돼요."

다소곳이 들어간 것과는 달리 파드득 이불을 빠져나왔다.

사흘이나 퇴근을 않고 영내에 머무른 건 어떤 일이 벌어질 것 같은 사위스러움 때문이었다. 뭐라고 딱 찍을 수는 없는데 분명

71

무언가가 내 앞에 아가리를 벌리고 있고, 그리고 나는 그 알 것도 같고 모를 것도 같은 것에 삼켜지리라는 예감이었다.

　새우처럼 모포 속에 옹크리고 있었던 걸 보면 아마 또 그 '죽음의 늪'에 빠졌던 듯싶다.

　죽음, 내가 없어지는 것. 다른 것은 그대로인데 나만 홀연히 사라지는 것. 저 앞에 펼쳐진 푸른 바다도, 그 바다 붉게 물들이는 노을도, 거기 홀로 떠 있는 돌섬도, 그 위를 나는 갈매기도 싹 다 없어지는 것. 아픈 배를 쓸어주던 할머니의 약손도, 그을린 아버지의 주름진 얼굴도, 돌아서서 내쉬는 어머니의 한숨도, 장난꾸러기 동생의 귀여운 얼굴도 다 사라지고 마는 것. 저 산의 나무와 풀과 바위와, 그리고 해와 달과 구름과 같은 일체의 것들도 흔적 없이 꺼져버리는 것. 그래서 세상 전체가 나에게서 통째로 없어지고 마는 것. 내가 존재하지 않으니 그것들도 존재하지 않게 되는 것. 그것이 죽음일 터이었다. 나에게 종말은 그렇게 올 것이었다.

　그 인식은 두려움을 넘어 공포였다. 그것은 내가 상상할 수 있는 어떤 공포보다도 더 공포스러운 공포였다. 공포의 맨 꼭대기에서 모든 공포들을 내려다보고 있는 공포의 꼭지였다. 그 공포가 두려워, 마치 그렇게 하면 그것의 쇠꼬챙이를 피할 수 있기라도 한 듯 나는 얼른 이불속으로 파고들었다. 그리고 새우처럼 몸을 옹크렸다. 한참을 그러고 있다가 어느 결에 눈을 떴다. 배를 깔고 만화를 보고 있는 우리집 큰방이었다. 나에게 처음 생긴 '죽음의 병'이었다.

그 후로도 그것은 심심하다 싶으면 나를 찾아들었다. 방에 엎드려 책을 읽고 있거나 누워서 천장을 보고 있을 때, 또는 방바닥에 머리를 박은 채 무언가에 골몰해 있을 때, 그것은 순간적으로 생각의 새다구를 틈입해 들었다. 내가 하고 있던 생각의 흐름과는 전혀 무관하게, 어떤 맥락이나 줄기도 없이 의식의 한중간을 침입해드는 것이다. 아무 방어기제가 없는 나로서는 그때마다 머리끝까지 이불을 뒤집어쓰는 수밖에 없었다. 그리고 한참을 식은땀을 흘리다, 그것이 사라지고 나면 천천히 이불을 벗었다. 아무런 예고 없이 찾아든 그것은 어느 결에 물러갔다가는 얼마의 시간이 지나면 두억시니가 되어 다시 찾아들곤 했다. 아마 죽음이 나를 데려가는 날까지는 낫지 않고 계속될, 세상의 어떤 영험한 약으로도 절대 못 고치는, 내 정신의 지병일 것이었다.

"김 하사! 김 하사! 왜 그래?"

누군가가 몸을 흔들어댔다. 이불속에 옹크린 채 눈을 떴다. 여자의 모습이 희미하게 떠올라온다. 주인아주머니다. 휴, 현실이다. 휴, 내 방이다. 식은땀 나는 죽음의 늪에서 빠져나온 것이다. 순간적으로 하르르 몸이 나라졌다.

"김 하사! 어디 아파?"

아주머니가 다시 몸을 흔든다. 늪에서 묻은 죽음의 끈적이 때문에 나는 아직 이불속에 꼬물거리고 있다.

"아니요. 괜찮아요."

그물거리던 불빛이 점차 밝아오자 이불을 걷어내며 일어나 앉았다.

"깜짝 놀랬잖아. 문을 두드려도 대답이 없고. 연탄가스 마신 줄 알고 덜컥 했네."

문 두드리는 소리도 못 듣고 흔들어도 못 깨어날 만큼 죽음의 수렁에 깊이 빠졌던 모양이다.

아직 정신을 다 못 차리고 있는데 '김정호'의 노래가 귀를 흐른다.

'꽃잎은 시들어요, 슬퍼 하지 말아요, 때가 되면 다시 필 걸, 서러워 말아요'

노래 하나가 지나가는 동안을 이불속에 옹크렸었나 보다.

"김 하사, 내 방에 가서 포도주 한잔 해."

고개를 들어 여자를 쳐다본다.

"잠이 안 와서 말이야. 포도주 한 잔만 하고 자."

아주머니가 불빛 아래 배긋이 웃고 섰다.

'밤은 깊어가고, 산새들은 잠들어, 아무도 찾지 않는, 조그만 연못 속에'

테이프가 '이름 모를 소녀'로 넘어가 있다.

"그러죠, 뭐."

이불을 벗으며 자리에서 일어섰다.

"내 방으로 건너와아!"

여자가 방을 나간다.

앉은뱅이책상에는 『인간실격』이 펼쳐진 채로다. 세 번째 읽는 중이다. 아마 주인공 '요오조오'가 자기와 정사를 나눴던 '쯔네꼬'와 바다에 뛰어내리는 장면일 것이다. 여자는 죽고 남자는 살았다. 경제적인 것이 원인이기는 하지만 그렇게 쉽게 자살을 결행하는 일이, 그리고 아무 주저 없이 따라 하는 것이 이해가 좀 안되기는 했다. 죽으려고 물에 뛰어내리는 것이 마치 어렸을 적 동무들과 멱 감을 때 바다로 사까내끼하는[11] 것처럼 망설임이 없다. 이해는 안되면서도 한편으로 부럽기는 하다. 죽음에 대한 두려움 없이, 머리를 싸매는 심각한 고민 없이, 마치 이웃집에 마실 가듯 그렇게 할 수 있다는 게 어떤 매력을 느끼게는 한다.

사람과의 관계에 서툰 주인공은 그 후로도 이런저런 불행을 겪는다. 머리가 허옇게 세어버린 주인공은 이제 겨우 스물일곱인데도 마흔이 넘어 보인다. 젊지만 이미 늙어버린 주인공은, 늙은 하녀가 수면제 대신 잘못 사온 약을 먹어 세 번씩이나 변소에 가서 설사를 하고는, 못생긴 하녀에게 잔소리를 하려다 킥킥 웃어버리고는, 방바닥에 누운 채 생각한다.

'지금 나에게는 행복도 불행도 없습니다.

그저 모든 것은 지나갑니다.'

어떤 수준의 정신이 되면 '행복도 불행도 없'는 것일까. 그런 높이이면 밥을 먹거나 잠을 자는 것처럼 죽음도 일상적 행위가 되는 걸까. 그런 정도이면 아무런 미련이나 공포감 없이 쉽게 죽음

---

[11] 머리부터 입수하는 자세

으로 뛰어내릴 수 있는 것일까. 그런 측면에서 나는 아직 당 멀었다. 나는 지금 '나에게는 불행만 있다'고 생각하니 말이다.

나를 치고 드는 건 뒤에 이어지는 문장이다. '그저 모든 것은 지나갑니다'. 그래 모든 것은 지나간다. 내 이 어두운 시간도, 이 캄캄한 절망의 시절도 '그저' '지나가'는 것이다. 그럴 수밖에 없는 것이다. 그저 모든 것은 지나간다.

'김정호'나 '다자이 오사무'나 다 쓸쓸한 영혼들이다. 한 사람은 폐병으로 일찍 생을 마감했고, 다른 한 사람은 연상의 여자와 강에 뛰어들었다 살아나지만 그 역시 폐병에 걸렸다가 나중에 자살로 생을 끝냈다. 삶에서 죽음까지가 너무도 극적이다. 진정한 예술가가 되려면 짧게 살다 극적으로 가야 하는지 모르겠다. 그게 예술을 꿈꾸는 자의 생과 사에 대한 태도여야 하는지도. 예술가는 그런 운명으로 태어나 그런 삶을 살다 그렇게 처절하게 생을 마감해야 하는지도.

그나저나 지금 저기에는 무엇인가 나를 기다리고 있는 느낌이다. 분명히 무언가가 저기에서 나에게 오라고 손짓하고 있다. 그게 뭘까? 혹시 '요오조오'에게 약을 주다가 나중에는 모르핀을 주고, 그걸 미끼로 육체관계까지 가진, 다리 저는 나이 많은 약국집 여자일까. 그 여자가 지금 저기에서 '약'을 준다며 나를 부르는 걸까. 포도주라는 빨간 약으로 나를 홀리려는 걸까. 그나저나 이걸 어쩐다지? 못 간다 그럴까. 나는 아직은 그런 약이 필요 없다 할까. 포도주 같은 건 안 먹는다 그럴까. 이럴까 저럴까 아름작대고 있었다. 노래는 계속해서 밤을 흐른다.

 '출렁이는 물결 속에, 마음을 달래려고, 말없이 기다리다, 쓸쓸히 돌아서서'

 궁싯거리는 시간이 너무 길었을까.

 "김 하사, 얼른 안 오고 뭐해!"

 여자가 문 밖에서 채친다.

 "예. 가요!"

 문을 열고 방을 나섰다. 등 뒤에서는 '이름 모를 소녀'가 '안개 속에 떠나가'고 있다

 창문 쪽으로는 연탄난로가 놓였고 아랫목에는 이부자리가 단정하다. 글라스 둘과 조그마한 주전자, 그리고 과일접시를 인 개다리소반이 앞쪽에 놓였다.

 여자가 유리잔에 포도주를 채워 준다. 투명한 글라스에 연분홍액이 차오른다. 형광불빛 때문인지 다소 선정적인 느낌마저 든다. 여자의 얼굴도 포도주처럼 불그스름하다. 잔에는 선홍색 액이 반쯤 남아 있다. 산골짝의 외로운 밤을 포도주로 달래고 있었던 듯하다.

 "아주머니는 자식들 없으세요?"

 한 모금 마신 뒤 어색함을 밀어내려고 말을 꺼냈다.

 "아니야, 있어." 하며 여자가 고개를 가로젓더니 텔레비전 위쪽으로 눈을 올린다.

 삼십대 중반으로 보이는 여자가 액자로 걸려 있다. 흰 저고리에

검정치마를 받쳤고, 머리는 쪽을 쪄 비녀를 꽂았다. 남자 아이와 여자 아이를 앞에 세웠는데, 남편은 빠져 있다. 자그마한 모습이 꽤 매력적이다.

여자가 두 손으로 잔을 들어 입을 축이고는,

"내 성질이 까탈스러워 그냥 혼자 살아. 간섭하기도 싫고 간섭받기도 싫고 해서." 한다.

내 보기에도 그럴 것 같았다. 지나칠 정도로 정갈한 집은 너저분한 동네의 여느 집들과는 확연히 달랐다. 일상의 차림새나 행동거지도 푼더분한 동네 아낙들과는 거리가 있었다. 뭔가 배움의 때깔이 있는 여자였다. 무슨 사연이 있는지는 몰라도 시골에서 살 스타일은 아니다.

"그런데 왜 한 번도 안 오세요?"

집에 누가 오는 걸 본 적이 없었다.

"왜, 저번에 우리 애들 다녀갔는데 못 봤어? 그날 김 하사 근무였던 모양이네." 하며 들고 있던 것을 한 모금 홀짝인다.

"혼자 사는 게 안 지겨우세요?"

쓸데없는 줄 알면서도 괜히 던져본다. 어떤 말은 단지 말 자체를 위해 건네지기도 한다.

"괜찮아. 익숙해졌는 걸 뭐. 혼자된 지 이십 년이 넘었어도 다른 생각 안해봤어." 하며 한 모금을 홀짝인다.

"그만 가서 자야겠습니다."

어색함을 메우려고 연거푸 서너 잔을 들이켰다. 잔에 남은 것을 마저 마시고 막 일어서려는 참이다. 여자가 술상을 옆으로 밀더니, "김 하사, 나 좀 재워주고 갈래?" 하며 내 손을 잡는다.

'약국여자'가 나를 잡은 듯하다. 그럴 리는 없지만, '포도주 약'을 줬으니 그 대가를 지불하라는 것처럼 생각되기도 했다.

이거였나. 날 기다리는 게 무엇일까 했는데 이것이었나. 이것이 사흘 동안 나를 퇴근 못하게 한 그 예감이었나. 무언가가 나를 기다리는 듯하고, 나는 어쩔 수 없이 그것에 삼켜질 것 같았는데 그게 바로 이것이었나. 그나저나 이걸 어떡한다? 뿌리친다 만다? 유혹을 거부하면 인생이 강해지고 받아들이면 인생이 풍부해진다는데 나는 어느 쪽을 택해야 할까. 주저앉을까 뿌리치고 나갈까. 고빗사위였다. 그러고 있는데 여자가 이불속으로 나를 잡아끌었다. 나는 못이기는 척 따라 들어갔다. 어쩌면 방에 들어설 때부터 여자가 그래 주길 바라고 있었는지도 모르겠다.

나는 이미 알몸인 채였고 그 상태로 여자 위에 엎드려져 있었다. 어느 결에 그리 돼 있었다. 여자가 몸을 움직이기 시작한다. 나아갔다 멈추고, 멈추었다 나아가고, 나아갔다 다시 멈추고, 그랬다가는 다시 앞으로 나아간다. 여자의 움직임이 더 빨라진다. 나를 위로 밀어 올리기도 하고, 아래로 당겨 내리기도 하고, 허리를 이리저리 돌리기도 하고, 앞으로 몸을 밀었다 뒤로 빼기도 하고, 아주 자유자재로 논다. 여자는 오랜만에 몸을 운전하는 듯 온 힘을 기울여 자신을 몰아댄다. 그렇게 땀을 뻘뻘 흘리며 감사납게 움직여대던 여자가, 어느 순간 비명처럼 외쳐대는 소리. 불완전한 인간의 언어로는 도저히 잡아낼 수 없는 괴이한 그 소리.

"아아! 어어쩌면 조오아! 나아! 저엉말! 미이치겠네!"

절규 같은 한 소절과 함께 여자는 그대로 까라져버렸다.

헛헛한 육신을 나는 조심스레 바닥으로 굴려 내렸다. 그리고 천장을 보며 망연히 누웠다. 그런 개개풀린 눈으로는 쳐다보지 말라는 듯 어둠이 내 눈꺼풀을 내려버린다. 나는 눈을 감은 채 생각했다. 어쩌다가 나는 여기 누워 있는 것일까. 거부하며 뿌리치고 나갈 수도 있었는데 나는 왜 유혹을 받아들이는 쪽으로 기울었던 것일까. 그것이 혹 쓸쓸한 여자에 대한 연민이 아니라 내 안에 꿈틀대는 욕정 때문은 아니었을까. 가끔씩은 몽정으로 나를 쾌락하게 하지만, 더 자주는 온갖 추악한 상상으로 나를 동물이게 하는 그 욕정 말이다. 그것이 나를 여기로 데려왔고, 술을 마시게 했고, 그리고 배 위에 얹었고, 마침내 사정까지 하게 한 건 아닐까. 아무래도 그랬을 것만 같았다.

불현듯 노란 원피스가 보고 싶었다. 그 애의 예쁜 얼굴과 맑은 눈망울이, 부드럽던 혀와 조그만 젖가슴이, 그리고 고운 몸과 그 몸의 작은 움직임이 그리웠다.

너는 지금 어디에 있는 걸까. 어디에서 무얼 하고 있는 걸까. 나는 이렇게 어둠속에 누워 죄스럽게 너를 떠올리는데, 너를 생각하며 눈물 짓는데, 그런데 너는 어디로 가버린 것일까. 영영 돌아올 수 없는 먼 곳으로 가버리기라도 한 것일까.

나는 이불자락을 당겨 눈가를 훔쳤다. 울음은 조용히 하염없었다.

 넉 달을 살고 나는 녹색대문의 그 집을 나왔다. 주인여자와 서너 번 더 포도주를 마시는 밤이 있었는데, 그때마다 '육십에 가까운 빨강머리의 못생긴 하녀'에게 이상한 식으로 겁탈을 당하는 그 소설의 뒷부분이 자꾸 떠올라졌다. 큰형은 온천이 있는 곳에 집을 사서 '나'의 거처를 마련하고 하녀를 달려 주는데, '나'는 때때로 그 늙은 하녀와 부부싸움 같은 것을 하기도 하고, 병이 좀 나아지기도 하고 나빠지기도 하고, 마르기도 하고 살이 찌기도 하고, 때로는 가래에 피가 섞여 나오기도 하는데, 내가 그의 자리에 들어가 있는 듯한 착각이 드는 것이다. '나'는 마지막에 '석 장의 사진과 노트 한 권'을 맡기고 어디론가 사라지는데, 그것이 마치 미래의 나일 것 같은 생각이 들기도 하는 것이다. 잘못하다 진짜로 인생이 이상하게 되겠다 싶었다. 소설의 주인공처럼 인생을 그렇게 막나가게 살고 싶지는 않았다. 젊은 날에 나름 매력을 느낄 수도 있고, 또 청춘의 한 시절에 가져볼 수 있는 일탈의 욕망일 수는 있겠지만, 그러나 자신이나 주변 사람들에게 아무런 책임감 없이 인생을 허비할 만큼 내 의식이 그와 닮아 있지는 못했다. 부유하고 넉넉한 집안 출신과 가난한 섬 출신의 차이일 수도 있고, 일본이라는 나라와 한국이라는 나라에서 자란 문화의 차이일 수도 있었다. 아무렇든 그것은 내 취향은 아니었다. 그렇게는 안 살고 싶었다. 그래도 모를 일이기는 했다. 안그러고 싶다고, 그렇지 않겠다 마음먹는다고 그것이 꼭 그리 되던가. 그것은 또 아닐 터이었다.

　나도 그랬지만 주인여자 역시 뭔가 달라진 눈치였다. 아무래도 길게 이어져서는 안될 것 같은 생각이 드는 모양이었다. 내적으로는 종교가 있었고 외적으로는 주변의 눈이 있는 듯했다. 여자는 나름 종교생활을 하고 있었는데 아무래도 그것이 마음에 걸리지 싶었다. 잊고 있던 욕정이 깨어나 안하던 행동을 하기는 했지만 안에서 작동하는 종교적 의식이 여자를 그대로 내버려 두지는 않을 것이었다. 어느 순간 눈을 번쩍 뜨고는, 그동안 지켜왔던 욕정의 둑을 무너뜨린 스스로를 돌아봤을 것이고, 자신이 저지른 행동에 바르르 몸을 떨었을 것이다. 때때로 일어나는 육체적 욕망과, 이래서는 안된다는 정신적 자각과, 눈앞에 보이는 육체적 대상과, 자신이 믿는 종교적 계율이 마음속에서 부딪쳤으리라. 그런 내적인 요소 위에 동네 사람들의 눈과 입이라는 외적인 요소가 덧들었을 것이다. 조그만 동네인지라 말이 안 돌 수가 없었다. 남의 말은 얼마나 쉽게 구르는 눈덩이가 되던가. 총각군인과 나이든 과부가 한 집에 산다고 입길에 오르내린다는 얘기가 내 귀에도 벌써 들려왔다. 어찌 보면 말이 안되는 소리였지만, 말이 안되는 일이 이미 안에서 벌어지고 있으니 말이 안되는 것을 꼭 말이 안된다고 할 수도 없는 뺄이었다. 아궁이에 불도 안 지폈는데 맹탈없이 굴뚝에서 냉갈연기이 날 리는 없다. 연기 나는 굴뚝을 더듬어 내리면 거기 반드시 불이 타고 있는 아궁이가 있는 법이다. 그러니 이래저래 더 있어서는 안될 것 같았다. 나도 주인여자도,

그리고 둘을 싸고 도는 소문도 좋은 쪽으로 가 질 게 없었다. 그래서 내가 먼저 나가겠다 했다. 여자는 아쉬운 표정을 지으면서도 선선히 그러라 했다. 눈에서 안 보이면 잠깐 일었던 욕정의 파도도 가라앉으리라 여기는 듯했다.

"김 하사, 그동안 미안했어."

상에는 포도주가 담긴 글라스 두 개와 과일과 오징어가 놓였다. 헤어지기 아쉽다며 여자가 마련한 자리이다.

"……."

나는 영문을 몰라 멀끔히 여자를 쳐다보았다.

"괜히 나 때문에 김 하사가 그런 것 같아서."

여자가 슬쩍 나를 쳐다보더니 살짜기 고개를 돌린다. 나는 잔을 들어 포도주를 한 모금 마셨다.

"작년 여름에 비 많이 왔을 때, 왜, 김 하사가 우리집에 물건 옮겨주려 왔을 때 말이야,"

여자도 두 손으로 잔을 들더니 한 모금 할짝이고는,

"김 하사를 처음 본 순간 숨이 멎을 뻔 했어." 한다. 그러더니 든 채로 있던 포도주를 한 모금 더 홀짝인다.

"난 남편이 살아 돌아온 줄 알았어. 오래전에 저세상에 간 그이가 말이야."

여자가 나를 찬찬히 바라다본다.

"우리 남편도 군인이었어. 장교였지. 전방에서 근무했는데, 수류탄 사고로 목숨을 잃었어."

여자의 눈이 갈쌍거린다. 나는 얼굴을 비끼며 검붉은 액을 한 모금 홀짝인다.

"군복을 입은 누가 대문을 들어서는데 바로 남편인 거야. 여보! 하고 소리 지를 뻔했어. 김 하사가 진짜로 남편 같았어. 그렇게 닮을 수가 없었어. 눈을 비비고 다시 보니 계급장이 다르네."

여자가 한 모금을 마시고는,

"짐 옮길 생각은 않고 김 하사만 쳐다보고 있었어. 물은 차올라 살림살이가 다 잠기고 있는데도 말이야." 한다.

여자의 표정이 너무나 진지하다. 눈가에는 물기까지 맺혀 있다. 주간잡지에서 본 삼류 이야기는 아닌 듯싶다.

"김 하사를 볼 수 있을까 해서 괜히 부대 앞을 서성거리기도 했어. 트럭을 타고 지나가는 모습을 두어 번 보기는 했네. 어찌나 가슴이 떨리는지 그날은 잠도 못 이뤘네."

세상에는 이런 사연도 있나 보다. 사람들 사이에는 이런 이야기가 만들어지기도 하나 보다. 그런데 그것이 나랑 얽히기도 하나 보다. 내가 그 주인공이 되기도 하나 보다.

기분이 묘해진다. 잔을 비운다. 여자가 잔을 채워준다.

"그런데 우리집서 살고 싶다며 김 하사가 찾아왔네. 이게 뭔일인가 싶데."

여자의 얼굴에 옅은 미소가 스쳐간다.

"김 하사와 한 집에서 사는 게 마치 남편과 다시 사는 것 같았어. 한 방에서 사는 건 아니지만 그래도 얼마나 좋았는지 몰라."

그래서였을까. 아침이면 요기하고 가라며 간단한 먹을거리를 차려 주었고, 부대에서 저녁밥을 먹고 퇴근하는데도 저녁상을 마련해 아랫목에 앉게 했다. 방바닥에 가지런히 개켜진 빨래가 내가 하는 빨래보다 많았다. 그래도 팬티는 아니다 싶어 옷장 깊숙이 감추는 것이지만 여자는 그것까지도 찾아내 빨아 개켰다. 방을 아주 샅샅이 뒤지는 모양이었다. 그렇다고 문에다 새삼스레 자물쇠를 채울 수도 없는 노릇이었다.

"그러면 안된다고 생각은 하는데도 그게 잘 안됐어. 나를 질책해 보지만 돌아서면 마음은 다시 원래대로 가 있는 거야. 얼마나 나를 잡도리했는지 몰라. 그래도 안되는 걸 어떡해. 마음이 마음을 못 다스리는 걸."

여자가 한 모금을 홀짝이더니,

"김 하사에게 그랬던 게 꼭 몸 때문만은 아니었어. 김 하사가 정말로 좋았어. 그래서는 안되는데 그렇게 됐어. 미안해."

여자가 나를 넌지시 건너다본다. 나는 말없이 포도주만 꿀꺽인다.

"자, 선물이야."

여자가 분홍색으로 포장된 조그만 곽 하나를 상에 올려놓는다.

"……"

"펴봐."

하며 나를 쳐다본다.

곽을 들어 리본의 매듭을 풀고 포장지를 뜯었다. 길쭘한 검은색

종이상자다. 곽을 열었다.

 어, 만년필이다. 두툼한 검정색인데 양끝과 중간에 금색 테가 둘렸다. 꽤 고급스러워 보인다.

 "김 하사가 글 쓰는 사람 되고 싶다길래."

 나는 만년필을 손에 쥔 채 얼얼해 있다. 그토록 갖고 싶던 만년필이란 걸 선물로 받은 것이다. 그것도 이 여자에게서 말이다.

 "김 하사는 멋진 소설가가 될 수 있을 거야. 난 그렇게 믿어. 틀림없이 그럴 거야. 그때 혹 그럴 수 있으면 나를 조금만 기억해줘. 좋은 사람으로 말이야."

 여자가 이윽한 눈으로 나를 바라본다.

 그랬었구나. 이 사람은 그랬었구나. 몸만을 까닭 삼아 그런 것이 아니었구나. 그것 때문만에 그런 것이 아니었구나. 따뜻한 마음으로 나를 지켜보고 있었구나. 순수한 마음으로 나를 좋아했었구나. 나는 심히 부끄러웠다.

 "이사 가더라도 종종 놀러 와야 해! 나갔다고 모른 체 하면 안 돼! 알았지?"

 여자가 내 쪽으로 고개를 내밀며 다짐을 받는다.

 "예."

 대답은 하지만 자신은 없다. 부끄러움 때문에 이 여자를 다시 봐질지 의문이다.

 "그래야 해! 안그러면 이모라면서 부대에 찾아갈 거야! 정말이야!"

여자가 싱긋이 웃는다.
"남은 군대생활 잘하고. 자, 건배!"
여자가 잔을 들더니 내 쪽으로 내민다. 나도 잔을 든다. 여자와 나는 이별의 잔을 부딪쳤다.
여자의 말을 들어서인지 그날은 곁에서 자고 싶다는 생각이 들었다. 그래서 여자가 이불속으로 잡아 끌 때 순순히 따라 들어갔다. 여자가 옷을 벗길 때는 나는 이미 힘차게 발기돼 있었다. 그전과는 달리 이참에는 내가 서둘러 여자의 배 위로 올라갔다. 그리고 거칠게 몸을 굴러댔다. 여자의 숨소리는 금세 빨라졌고 질러대는 소리도 점점 커졌다. 그 소리 따라 내 몸도 격렬해졌고 숨결도 가팔라졌다. 여자와 나는 그렇게 이별의 몸을 나누었다.

작전지역과 행정지역을 잇는 길은 두 갈래가 있었다. 하나는 길게 산을 후리는 비포장도로였고, 다른 하나는 산굽이를 따라 이어지는 오솔길이었다. 차로 오르내릴 때는 비포장도로를 이용하지만, 차가 없을 때는 안돌이로 지돌이로 걸어야 하는 산길을 타야 했다. 걸어서 두 시간 남짓 걸리는 거리여서 어지간하면 차를 타지만 부득이한 경우에는 업더지고 곱더지더라도 험한 산길을 걷는 수밖에 없었다.
군인들밖에 안 걸어다니는 그 산길의 중간쯤에 폐사지가 있었다. 왜 그랬는지는 몰라도 본채는 주춧돌과 부서진 기왓장으로만 남았고, 두어 칸 되는 요사채가 살아 있는 절터였다. 불당이 없으니 절이라 하기도 그렇지만, 그래도 탑과 요사채가 남아 있으니 절이 아니라 하기도 그랬다. 본채는 없어지고 기와집 형태의 요사채가 본채 구실을 하는 이상한 형태의 절이었다.

밤새 당직 근무를 하고 뒷날 퇴근하는 길이었다. 자취방에 가봐야 특별히 할 일도 없는지라 봄이나 구경하자며 산길을 걸어 내렸다. 산골짜기는 아직 얼어붙은 채 겨울잠 속이고 개울은 여전히 두꺼운 얼음 이불을 덮었다. 절터에 닿아 샘으로 갔다. 바가지로 물을 떠 마시고는 너럭바위에 앉았다. 아래쪽으로는 묵정밭이 넓게 펼쳐졌고 그 너머로는 바람벽처럼 산이 둘렀다. 산등성이는 신병의 머리처럼 휑뎅그렁한데, 짧은 머리 위로는 공지선이 단정하다. 달포는 더 지나야 저 산에 녹색의 머리카락이 돋을 것이겠다.

그래도 그런 맨머리로 징상스런 북풍한설을 견뎌냈구나. 비탈진 산등성이에 손잡고 서서, 나무 너희들은 그 추운 겨울을 버텨냈구나. 혼자이면서 여럿이서 너희는 쓰라린 계절을 이겨냈구나. 그래, 달리는 방법이 없으니 견디는 수밖에. 그저 맨몸뚱이로 버티는 것밖에. 그저 그러는 것밖에. 봄이 오는 그때까지 조금만 더 견뎌이, 이이!

아래쪽에서 한 사내가 올라온다. 물을 뜨러 오는지 손에는 양동이를 들었다. 스님들처럼 몽구리도 아니고 옷도 승복이 아니다. 절에 있어 그렇지 밖에 있으면 절과 연관 지을 요소는 없어 보인다. 나보다는 예닐곱 살 더 있을 듯하다. 서로 인사를 했고 두어 마디 나누게 됐다. 봄이 오고 있느니, 아직도 산꼭대기는 겨울이라느니, 산속에서 혼자서 힘들겠다느니, 혼자 사는 게 외려 속 편하다느니 하는 정도였다. 사내는 물이 찰랑대는 양동이를 들고 요사채로 들어갔고 나는 산길을 걸어 자취방으로 내려왔다.

 토요일이었다. 모두들 통근차를 타고 내려갔고 나는 산길을 걸어 내렸다. 바쁠 것도 없으니 천천히 걸으며 봄이나 좀 즐길 참이었다. 날은 청명淸明을 지나 곡우穀雨를 향하고 있었다. 바람이 실어나르는 봄의 향기가 코를 간질이고 지나간다. 저기 남쪽의 우리 동네야 지금쯤 논에 물 잡느라[12] 바쁘겠지만 강원도의 산골이어서인지 봄이 더딘 듯하다. 더디지만 오고 있기는 했다. 바람은 진즉에 날카로움을 잃었고 햇살은 안에 따사로움을 머금었다. 아래로 내려올수록 봄의 영역이 넓어지고 있다. 내를 하나 건너니 마당쯤이던 것이, 하나를 더 건너니 분교 운동장만 해지더니, 절터에 내려오니 본교 운동장만이나 널러져 있다. 마을에 닿으면 아마 종합운동장쯤이나 커져 있겠다. 샘에서 물을 떠 마시고 너럭바위에 앉았다. 사월의 햇살이 산등성이를 흘러내려 묵정밭에 퍼지고 있다. 몇 밤 지나면 이곳도 완전히 봄의 밭이 되겠다.

 인기척을 느꼈는지 아래쪽에서 사내가 올라온다. 나는 일어서며 인사를 했다.

 "형, 잘 지내셨어요?"

 토요일이나 야간근무 뒷날이면 나는 산길을 타고 퇴근했다. 그

---

[12] 벼농사를 위해 논에 물을 담아 갈다.

때마다 샘에서 물을 마셨고, 그러면서 사내와 낯을 익히게 됐다. 처음에는 '스님'이라 불렀는데, 자기는 스님이 아니니 그렇게 부르지 말라 했다. 잠시 머리만 깎고 있을 뿐 중은 아니라는 것이다. 자기가 나이가 많은 것 같으니까 그냥 '형'이라 하라 했다. 그도 그런 것 같아 편하게 '형'이라 부르게 됐다.

"그럭저럭. 김 하사도 잘 지냈어?"

"예."

형이 산을 둘러보며, "이제 봄이야, 봄" 한다.

"예. 산꼭대기에도 봄이 왔습니다. 야간에는 아직 춥기는 하지만요."

아무리 겨울 저가 단단하다 해도 그래도 저가 봄을 이길 수는 없다. 겨울은 끝내 봄한테 진다.

"김 하사, 이 시집 한번 읽어볼래?"

형이 뒷짐으로 들고 있던 책을 내민다. 두어 번의 대화중에 소설에 대한 얘기가 있었는데 아마 그래서인 듯싶다.

"……."

얼떨결에 그것을 받아들었다.

얼마의 세월이 스쳐갔는지 책 모서리가 개먹어 너덜너덜하다. 떨어진 표지를 붙이려고 책등에는 종이테이프가 길게 붙었다. 아무래도 어느 집안에서 대대로 내려온 조선시대 어디쯤의 책이지 싶다. 모양새는 요즘것인데 책 꼴새가 똑 그렇다. 그런 낡아 빠진 책을 읽어보라고 건네는 것이다. 그것도 '시집'이라는 것을 말이다. 참 맥 빠지는 일이 아닐 수 없다. 시라고 해봐야 고등학교 국어시간에 들어본 '국화 옆에서'나 '진달래꽃' 정도가 전부였다. 영내생활하며 파적삼아 소설이나 몇 권 읽은 처지이니 시집은 생경스러울 수밖에 없었다. 아니 '시'라는 게 본새 혼자만의 생각을 혼자만 아는 소리로 씨부렁거리는 것이어서 보통사람들에게는 낯선 것 아니던가. 그런데 뭘 시를 다 읽어봐야! 읽는 시늉만 하고 돌려줄 참이었다.

　세로로『黃土』라고 제목이 박혀 있다. 물기 촉촉한 황토를 떼어 글자를 만든 듯 진짜로 황토색이다. 제목부터 예사롭지 않은데 색깔마저 그래서인지 글자에서 묘한 기운이 느껴진다. 제목 밑에는 역시 세로로 '김지하 시집'이라고 붙어 있다. 이것은 검정 글씨다. 책을 뒤집어 봤다. 흑백사진의 한 사내가 뒤표지 전체를 차지하고 있다. 이마를 가로지르는 석 줄의 주름, 송충이처럼 짙은 눈썹, 어딘가를 적시하고 있는 타는 듯한 눈, 차돌로 세운 것 같은 단단한 코, 그리고 꽉 다문 입술. 한눈에도 여간한 사내는 아니지 싶다. 시인이 아니라 무슨 지사志士만 같다. 앞표지의 붉은 글씨와 짝을 이뤄 뒤표지의 사내 역시 섬뜩한 인상을 준다. 시쁘게 봤는데 표지에서 벌써 주눅이 들어버린 느낌이다. 알 수 없는 두근거림으로 표지를 넘겼다. 속표지가 있고 다음 장에 '어머님께 바칩니다'가 자필로 써 있다. 제목을 대충 훑고는 처음의 시를 펼쳤다. 그리고 속으로 읽어보았다.

황톳길

황톳길에 선연한
핏자욱 핏자욱 따라
나는 간다 애비야
네가 죽었고
지금은 검고 해만 타는 곳

어라! 이게 뭐야!
쇠메[13] 같은 무엇이 머리를 퍽, 친다.
뭐, 이런 게 다 있지?
시를 읽으며 마당 가운데로 걸어 나갔다.

두 손엔 철삿줄
뜨거운 해가
땀과 눈물과 모밀밭을 태우는
총부리 칼날 아래 더위 속으로
나는 간다 애비야
네가 죽은 곳
부줏머리 갯가에 숭어가 뛸 때

---

13) 쇠로 된 해머

가마니 속에서 네가 죽은 곳

 바늘솔로 등거리를 긁어내린 듯 온몸에 쫘악, 소름이 끼쳤다. 한밤중에 어둠속에서 바람결에 날리는 흰옷자락기를 본 것처럼 온 머리카락이 쭈뼛 곤두섰다.

> 대샆에 대가 성긴 동그만 화당골
> 우물마다 십 년마다 피가 솟아도
> 아아 척박한 식민지에 태어나
> 총칼 아래 쓰러져간 나의 애비야
> 어이 죽순에 괴는 물방울
> 수정처럼 맑은 오월을 모르리 모르리마는

 뜨거운 무엇이 볼을 타고 흘렀다. 글자가 내 속에 들어와 가슴을 울리고, 그 가슴이 눈을 울리고 있었다.
 시라는 게 이런 것인가? 단순히 글자의 나열일 뿐인 것이, 그저 말이 되게 만든 문장일 뿐인 것이, 그런데 그것이 사람에게 들어와 한 영혼을 통째로 흔들 수 있는 것이, 그래서 이렇게 느닷없이 흐느끼게 하는 것이, 그렇게 할 수 있는 것이 정녕 시란 말인가. 글자가 어떻게 그런 힘을 가질 수 있단 말인가. 까맣게 인쇄된 몇 줄의 기호에 불과한 것이 어떻게 그런 엄청난 힘을 가질 수 있단 말인가.

나는 이제 소리를 내어 읽었다.

> 작은 꼬막마저 아사하는
> 길고 잔인한 여름
> 하늘도 없는 폭정의 뜨거운 여름이었다
> 끝끝내
> 조국의 모든 세월은 황톳길은
> 우리들의 희망은

 이곳은 어디인가. '작은 꼬막마저 아사하는 길고 잔인한 여름'의, '하늘도 없는 폭정의 뜨거운 여름'의, 이곳은 과연 어느 곳인가. 그곳은 '조국의 모든 세월'이며 '황톳길'이며 '우리들의 희망'인가? 그러면 지금 이 시는 이 땅의 현실을 노래하고 있는 것인가? 이 땅의 '황톳길'을 말하고 있는 것인가? 말랑말랑한 이별 노래도 아니고, 그렇다고 굽이굽이 아름다움의 노래도 아니고, 보들보들한 사랑 노래는 더욱 아니고, 도대체 어떻게 '시'라는 것이 '폭정의 뜨거운 여름'과 '조국의 모든 세월'을 노래할 수 있단 말인가. 그것이 어떻게 시의 내용이 될 수 있단 말인가. 하여 이건 시가 아니다. 이런 건 시가 될 수 없다. 이것은 불온문서다. 시를 흉내 낸 불온한 문서다. 함부로 읽어서는 안되는 적군의 붉은 삐라다.
 나는 시에 씌어 다음을 더 읽어내려 갔다.

아아 그날의 만세는 십년을 지나
철삿줄 파고드는 살결에 숨결 속에
너의 목소리를 느끼며 흐느끼며
나는 간다 애비야
네가 죽은 곳
부줏머리 갯가에 숭어가 뛸 때
가마니 속에서 네가 죽은 곳.

  끝구절과 함께 나는 그 자리에 풀썩 주저앉았다. 그리고 흐늑흐늑, 느껴 울었다. 왠지 그렇게 돼버렸다. 그런데 그러고 있으면서도 나는 내가 무슨 행동을 하고 있는지를 전혀 의식하지 못하고 있었다. 그곳이 어디인지도 그리고 왜 내가 그러고 있는지도 모르고 있었다. 다만 엄청나게 강한 무엇이 내 머리를 때렸고, 그것이 나를 울게 했고, 그래서 끝내 주저앉았다는 것만 감지할 따름이었다.
  한참을 있다가 정신을 추스르고 주위를 둘러보았다. 나는 토요일 오후를 퇴근하다 방금 전에 물 한 모금을 마셨고, 형으로부터 시집 한 권을 건네받았고, 그리고 맨 앞의 하나를 읽었을 뿐이었다. 그런데 나는 땅바닥에 주질러앉아 흐느끼고 있는 것이다.
  "김 하사, 아무래도 시 써야겠는데."
  형이 나를 보며 비긋이 웃는다.
  군복차림을 하고서는 환한 대낮에 땅바닥에 주저앉아 울었다는 게 좀 계면쩍었다. 얼른 엉덩이를 털고 일어났다.

"형, 이것 좀 읽고 갖다 드리면 안될까요?"

읽는 흉내만 내고 돌려주려 했는데 마저 보고 싶었다. 갑자기 그렇게 돼버렸다.

형이 망설이는 듯하더니,

"이거 판금서적인데……. 함부로 읽으면 안되는데……." 하며 나를 건너다본다.

"읽다가 앵기면 인생 아작날 수 있는데. 김 하사 같은 경우는 아예 인생 종칠 수도 있고."

형의 눈길은 여전히 나에게 붙박여 있다. 그래도 읽겠냐는 것이겠다.

그런 시대이니 그런 책들이 있다는 건 나도 알고 있었다. 대학생들 사이에 그런 책들이 은밀히 읽혀지고 있다는 것도 얻어듣고 있었다. 알고는 있지만 실제로 그런 책을 구경한 적은 없었다. 그런데 이 책이 바로 그런 책이란다. 이 낡아빠진 책이 정부에서 못 읽게 하는 그런 종류의 것이란다.

아, 그래서 책이 이리도 너덜너덜해졌구나. 몰래 숨어 읽다 보니 조선시대의 책이 아닌데도 이 모양이 됐구나.

나는 다시 책의 앞표지를 들여다보았다. 황토에서 뚝뚝 붉은 물이 드는 듯하다. 그러려고 글자가 황토 빛이었다.

"괜찮아요."

'인생이 아작나도, 인생이 아예 종을 쳐도' 괜찮다는 것은 아니었다. 산골짜기니까, 그리고 조심해서 읽을 거니까 걸릴 리가 없다는 의미였다. 시집 한권 잘못 읽어 인생이 아작나면 되겠는가. 아무리 처음의 것에 충격을 받았다 하지만 그래도 시집 한 권 때문에 인생을 종칠 수는 없는 일이었다. 충격적이기는 하나 그래도 그 정도까지는 아니었다. 그러는 한편에는 금지서적에 대한 호기심도 발동하고 있었다. 금지서적이 있다는데 그것은 대체 어떤 것일까? 어떤 책이기에 나라에서 못 읽게 하는 것일까? 못 읽게 할 정도의 무엇이 대체 무엇일까? 그런 궁금증이 있었다. 그런데 지금 이 책이 그런 책이란다. 이 책이 바로 함부로 읽어서는 안 되는 불온한 문서라는 것이다. 그러니 안 읽고 배길 수는 없었다. 내일 삼수갑산을 가더라도 우선은 보고 말아야 했다. 하지 말라면 더 걸쌈이 나는[14] 게 사람 심리 아니던가.

 시집을 종이에 싸 품에 넣었다. 조마거리며 산길을 걸어 내렸다. 방문을 걸어 잠그고는 모포를 뒤집어쓴 채 한 편 한 편을 조심스레 읽어나갔다.

    별 푸른 시구문 아래 목 베어 햇불 아래
    햇불이여 그슬러라
    하늘을 온 세상을
    번뜩이는 총검 아래 비웃음 아래

---

[14] 의욕이 과장되는

너희, 나를 육시토록
끝끝내 살아.

('녹두꽃' 중에서)

삶은 탁한 강물 속에 빛나는 푸른 하늘처럼
괴롭고 견디기 어려운 것
송진 타는 여름 머나먼 철길을 따라
그리고 삶은 떠나가는 것.
……
여기
삶은 그러나
낯선 사람들의 것.

('비녀산' 중에서)

육신에 내리친 계엄의 미친
저 난장 위에 저 총창 위에 저 말발굽 위에
저 바리케이트 위에도 되게 쳐라
활활활 황불이 일어
갔네
개처럼 끌려갔네

('황불' 중에서)

바람은 일어
돌개바람 햇빛을 가려
칼날선 황토에 눈멀었네
뜨거운 남쪽은
반란의 나라

('남쪽' 중에서)

  통곡이지 않은 게 없고, 분노이지 않은 게 없었다. 슬픔이지 않은 게 없고, 신명이지 않은 게 없었다. 한恨이지 않은 게 없고, 저항이지 않은 게 없었다. 통곡이지만 분노였고, 슬픔이지만 신명이었고, 한이지만 저항이었다. 노래노래가 '악몽惡夢의 시'였고, '강신降神의 시'였고, '행동行動의 시'였다. 참으로 어느 것 하나 절창이지 않은 게 없었다. 그런 시들만 따로 모아 한 사람의 이름으로 낸 건 아닌지 모르겠었다. 하나의 주제 아래 대한민국의 한다하는 시인들이 모두 나서서 하나의 시집을 만든 것처럼만 생각되었다. 군부독재에 저항하기 위해 아무래도 그렇게 기획된 시집 같았다. 눈썹이 진한 사람은 그 중에서 제일로 유명한 시인인 듯 하고. 안 그러면 어떻게 한 사람에게서 저런 절창이 줄대어 나올 수 있겠는가. 아무리 천재 시인일지라도 어떻게 한 권의 시집을 통째로 절창으로만 채울 수 있겠는가. 아무리 해도 절창은 그렇게 나와지지 않는다. 그렇게 나온 것은 절대 절창이 될 수 없다.
  책을 돌려줘야 했으므로 시집을 필사해 내것 한 권을 만들었다.

그것을 만들 때도 문을 걸어 잠그고는 모포를 뒤집어쓴 채 살금살금 베꼈다. 산골짜기 시골 마을에 뭐가 있을까만 그래도 혹 몰랐다. 쥐새끼라는 놈은 안 가는 데가 없으니 내 방의 중천장[15]에도 구멍을 뚫고 빼꼼이 대가리를 내미는 놈이 없다고 확신할 수는 없었다. 재수가 없으려면 쥐에게도 뒤를 물리는 법이다. 잘못했다가는 그대로 골로 가는 수가 있었다. 맨맛한[16] 사람을 '삼청교육대'에 집어넣고 죽으나따나 상관없이 짐승 취급을 하는 판이니 나 같은 군인이야 말할 것도 없었다. 정말로 인생이 '아작날' 수도 있는 것이다. 베끼는 내내 마음 한 구석에는 불안감이 없지 않았지만 그러나 그것은 콩알만 했고, 호박이나 박덩이만한 두근거림과 뿌듯함이 나를 채우고 있었다. 내 스물둘 영외거주의 봄이 『황토』의 시편들과 함께 깊어갔다.

 그걸 계기로 형과 더 가까워졌다. 군인인 나에게 그런 시집을 권해준 게 좀 의아스럽기는 했다. 나를 포섭하기 위해 떠보는 것은 아닌가 하는 생각도 들었다. 그런 책을 읽는 군인들을 색출해내려는 안기부의 공작이든가, 아니면 군인들에게 반정부적인 생각을 퍼뜨리려는 불순분자들의 의도는 아닌가 의심이 드는 것이다. '판매금지'라는 것부터가 그랬지만, 내용 역시 군인인 내가 읽기에는 부적절한 것임에는 틀림없었다. '황토, 반역, 횃불, 거역' 같은 단어들이 난무하고 있으니 군인정부가 판매를 금지할 만도

---

15) 서까래가 안 보이도록 평면으로 친 천장
16) 아무 관계가 없는, 애먼

했다. 그들의 의식 수준이라는 게 반공 포스터 정도밖에 안될 터이니 그들 눈에는 불온한 문서이자 적군이 뿌려대는 붉은 삐라로 보일 수밖에 없기는 할 것 같았다.

"형, 혹시 나를 포섭하려는 것 아닙니까?"

둘은 너럭바위에 앉았다. 나는 이쪽이고 형은 저쪽이다. 묵정밭이랑 건너편 산이랑은 이제 완전히 봄의 운동장이 되어 있다.

"포섭?"

형이 성끗 웃으면서,

"산골짜기에 박혀 있는 육군하사 포섭해서 뭐하게." 한다. 그러더니,

"그 시인 유명한 사람이야. 70년대를 혼자서 버텼다고 해도 과언이 아니지. 박정희 유신독재와 홑몸으로 맞짱떴다 해도 부족하지 않을 거야. 위대한 시인이지." 한다. 그러면서 안주머니에서 담배를 꺼내 건넨다. 나는 라이터를 켜 형을 먼저 붙여주고 내것도 덩겄다[17].

후!

형이 연기를 뱉고는,

"시가 어떤 힘을 갖고 있는가를, 시가 어떠해야 하는가를, 시인이 어떻게 불의한 정부와 대등하게 싸울 수 있는가를 보여준 사람이지. 하나의 정부가 한 시인을 어쩌지 못했으니 시인이 정부

---

17) 불을 붙이다.

를 이긴 거나 마찬가지야. 한 사람의 시인이 하나의 정부가 된 셈이지. 단지 시라는 무기 하나로 말이야." 하더니, 다시 담배를 깊게 빤다.

후우!

"김 하사는 군대에 있어서 잘 모르겠지만 세상은 여전히 겨울이야. 봄은 왔는데 봄은 아직 멀다고 해야 할까. 박정희가 끝나면 봄이 올 줄 알았는데 그의 똘마니가 세상을 다시 겨울로 돌려버리네. 지 선배한테 배워서 그런가 이건 더 징한 놈이야. 악질에다 살인마이기까지하니."

서너 번 이야기를 나누면서 나에 대한 파악을 한 것이겠다. 그래서 나에게 시집을 권한 게고, 노골적인 용어를 써가면서까지 현실에 대한 얘기를 꺼내는 것이리라. 군인으로서가 아니라 같은 시대를 사는 한 사람의 젊은이로 대하는 것이겠다.

나도 담배를 빨고는 연기를 뱉는다. 현실에 대해 알고 있는 것이라야 방송이나 책을 통해 주워들은 게 전부다. 설사 현실에 대해 나름대로 어떤 생각을 가졌더라도 함부로 드러낼 수 있는 입장도 아니다. 상대를 못 믿기보다는 어찌됐든 나는 대한민국의 군인이다. 육군하사인 것이다. 그러니 내 신분에 맞는 생각을 해야 하고 거기에 맞는 말을 해야 한다. 내 심리와 행동은 내 신분에 의해 통제받을 수밖에 없다. 하부구조가 상부구조를 결정한다든가 어쩐다든가.

형이 담배를 깊게 빨더니, 허공으로 길게 연기를 뱉는다. 그러고는 말을 잇는다.

"대학가에는 지금 반미운동이 확산되고 있어. 광주학살에 대한 미국의 책임을 묻고 있는 거지. 파쇼정권을 지지하는 미국에 반대하는 운동이야. 엊그제 있었던 '부산미문화원 방화사건'은 그 시작이라고 봐야겠지. 이제 물꼬가 터졌으니 반미가 봇물처럼 퍼져 나갈 거야. 미국은 더 이상 한국을 속국으로 만들지 말고 이 땅에서 물러가라! 양키 고우 홈!"

얼마 전에 뉴스에 보도됐던 내용이다. 대학생들이 부산에 있는 미국 문화원에 들어가 불을 지른 사건이었다. 대학생들이 겁대가리가 없기는 했다. 미국이 어떤 나라라고 감히 그 나라의 문화원에 불을 지른단 말인가. 다른 나라도 아니고 이 나라의 멱살을 단단히 움켜쥐고 있는 그 거대한 나라의 문화원에 말이다. 참, 범 무서운 줄 모르는 하룻강아지들이다.

"미국? 광주?"

형의 눈길이 산등성이를 훑는다. 그러더니 나에게로 돌려진다.

"김 하사도 광주는 알제?"

형의 말끝이 갑자기 그쪽 투로 바뀌어 있다.

"예. 알기는 알죠."

형이 지금 말하는 게, '지역'으로서의 광주가 아니라 '사건'으로서의 광주를 의미한다는 것쯤은 나도 알고 있다. 승미가 있었던 오월의 그 '광주' 말이다.

"광주가 어쨌을 것 같은가? 참말로 그들이 말한 대로 폭도들의 소요 사태고 불순분자들의 난동 같은가? 진짜로 남파 간첩들이 불순분자들과 손잡고 광주를 무법천지로 만들었을 것 같은가? 김대중 씨가 선동하는 바람에 전라도 사람들이 우르르 일어나 그 난리를 친 것으로 보이는가?"

대답을 요구하는 것 같지는 않다. 대답을 요구한다 해도 딱히 할 수 있는 말도 없다. '광주'에 대해 아는 것이라고는 소문으로 주워들은 게 전부다.

"전라도 사람들만이 갖고 있는 기질 때문에 광주항쟁이 일어났을까? 천성적으로 그들이 그런 기질을 가지고 있었는데, 김대중의 구속이 거기에다 기름을 부었을까? 그러면 김대중을 구속하지 않았으면 광주는 안 일어났을까? 김대중을 풀어줬으면 광주는 그대로 가라앉았을까? 계엄군의 학살이 먼저일까, 대학생들의 데모가 먼저일까? 공수들이 학살을 하니까 시민들이 일어났을까, 시민들이 들고일어나니까 공수들이 투입되었을까?"

형이 다시 길게 연기를 뿜는다.

아무것도 밝혀진 게 없는 상태다. '광주'는 불온한 땅이고 '광주사태'는 금기의 단어일 뿐이다. 그 주범이 대통령의 자리에 앉아 있고 그 패당들이 나라의 요직을 차지하고 있으니 진상은 밝혀질 수가 없다. 진실이 안 밝혀지니 유언비어가 그것을 대신하고 있다. 입을 못 열게 하니 소문이 역사를 기록하는 꼴이다.

내가 고3이던 해의 시월에 대통령이 죽었다. 그런 낱말이 있는

지도 몰랐는데 대통령이 '서거했다' 했다. 아닌 밤중에 홍두깨도 유분수였다. 고상한 말빛깔인 '서거'라는 단어를 쓰기는 하지만 말뜻이야 결국 '죽었다'는 것이니까, 아파서 그런 것도 아니고 하룻밤 사이에 급작스레 그리 됐다 하니까 그것은 하늘과 땅이 뒤집혔다는 것만큼이나 고지들을 수 있는 소리가 아니었다.

 죽었다는 소리에도 어리벙벙할 판인데, '총에 맞아' 죽었다 하니까 이건 도대체 기가 차지 않을 수 없었다. 이녁 마음대로 탱크를 몰고 나와 나라를 뒤집을 강단도 있고, 한 나라를 쥐락펴락하고 있어 손가락 한번 까딱하면 누구도 골로 보내버릴 수 있는데, 그런데 그런 힘을 가진 대통령이 다른 사람도 아닌 부하의 총에 맞아 죽어버렸다는 것이다. 고양이가 알을 낳았다는 소리만큼이나 믿을 수 없는 소문이었다. 그런데 어저께까지만 해도 뉴스 첫머리마다에 단골로 등장하던 사람이 하루아침에 싹 사라지고, 대신 종일토록 장송곡 비스무리한 것이 텔레비전과 라디오를 흐르자 사람들은 그것이 진짜일지도 모른다고 생각하게 되었다.

 나중에 밝혀지거나 소문으로 들러붙은 이야기들은, 그를 숭상하는 사람들에게는 빨갱이들이 만들어낸 불경스런 유언비어로 들렸을 터이나, 그러나 또다른 많은 사람들에게는 깊은 배신감을 느끼게 하는 내용들이었다. 대통령은 그들만의 비밀장소에서 젊은 여자 둘을 끼고 술을 마셨고, 그러다가 오랫동안 호형호제하던 부하의 총에 맞았고, 그래서 병원에도 못 가보고 앉은 자리에서 절명해버렸다는 것이다. 사람들은 모르고 있었지만 무척이나 여자를 밝혔던 그 대통령은, 그전에도 한 달이면 열댓 차례 젊은 여자들을 끼고 술을 마셨고, 그러고는 그 여자들과 잠자리를 했고, 두어 번의 잠자리 뒤에는 새로 여자를 바꾸었고, 그래서 같이 잔 여배우 숫자가 엄청 많아졌고, 영부인이 살아 있을 적에도 그것은 습관이 돼 있었고, 그래서 영부인과의 다툼이 잦았었고, 영부인의 눈가가 퍼렇게 멍이 든 것도 여러 차례였고, 그것은 대통령 주변에게는 공공연한 비밀이 되어 있었고, 영부인이 죽고 나자 습관의 정도는 더 심해졌고, 그래서 여자를 공급하는 것도 '중앙정보부'의 한 업무가 되었고, 그것을 전담하는 '채홍사'라는 직책까지 만들어졌고, 그날도 여느 날처럼 똑같은 판이 벌어졌고, 평소 '차지철'의 안하무인에 분개하고 있던 중앙정보부장 '김재규'가 '차지철'을 쏘았고, '야수의 심정으로 유신의 심장'을 쏜다며 대통령에게도 방아쇠를 당겨 버렸고, 고꾸라져 있는 대통령의 뒤통수에 한 발을 더 쏘아 확인사살까지 했고, 결국 두 사람은 그 자리에서 숨이 끊어져 버렸단다. 여자를 끼고 술을 먹던 흥겨운 자리에서 느닷없는 서너 발의 총성과 함께 종신의 꿈도 날아갔고, 종신은새레 간에 총신에서 피어오르는 연기와 함께 졸지에 명줄이 끊어져 버렸단다. 쉽게 상상이 안되는 너무나 너절한 상황에서 십팔 년이라는 긴 세월의 영광도 막을 내려버렸다는 것이다.

그 일이 있고 얼마 후에 '대통령 시해 사건의 진상'을 발표한다며 한 군인이 등장했다. 어깨에 별 두 개를 단 군복차림의 '계엄사합동수사본부장'이라는 이름으로였다. 결과적으로 검은 야욕을 품은 한 인간이 역사의 전면에 등장하는 순간이었지만, 내막을 모르는 사람들에게는 그저 나라의 중요한 사건의 수사를 맡은 한 사람의 군인 이상은 아니었다. 머리가 벗어진 것은 그의 본 생김새니 뭐라 할 수 없었지만, 칼끝처럼 길고 날카롭게 찢어진 눈매와, 말끝마다 앙다물어대는 얇은 입매가 왠지 인정사정없을 것 같은 인상을 주었다. 본 직책이 '보안사령관'이라 했는데, 군대 내에서도 막강한 힘을 갖는 '보안대'의 사령관 자리에 있는 걸 보면, 그리고 국가적으로 중차대한 '대통령 시해 사건'의 수사를 책임지고 있는 걸 보면, 모르긴 몰라도 군대 내에서 그의 힘이 막강할 것이라는 짐작은 해볼 수 있었다.

텔레비전과 신문에 그의 이름과 사진이 더 자주 오르내렸다. 그가 점점 역사의 중심에 다가가고 있다는 증거일 터이었다. 그것을 증명이라도 하듯 그를 중심으로 한 '하나회'가 군부 내에서 반란을 일으켰다 했다. 12월 12일을 디데이로 잡아 별 두 개짜리들의 신군부 세력이 별 네 개짜리들의 구세력을 제압해 국가의 핵심축의 하나인 군부를 완전히 장악하게 되었다는 것이다. 그러더니 서너 달 뒤에 그는 중앙정보부장까지 꿰찼다. 현역군인은 겸할 수 없는 자리라서 '서리'라는 꼬리를 붙이는 편법을 써 가면서였다. 그럼으로써 그는 대한민국의 모든 정보를 장악하는 위치에 서게 되었다. 군에 관한 정보는 '보안사'를 통해, 민간의 정보는 '중앙정보부'를 통해 싸그리 잡아 쥐게 된 것이다. '나를 알고 적을 알면 모든 싸움에 다 이긴다'는 말은 결국 모든 싸움은 '정보전'이라는 의미일 것이니, 그는 누구와의 어떤 싸움에서도 이길 수 있는 터전을 마련한 셈이었다.

　그런 그가, 아무래도 그 자리에 걸맞아야 한다고 생각했는지 별 하나를 더 달았다. 그 대통령이 죽고 난 다음해 3월의 일이었다. 소장에서 중장까지 최소 6년은 걸리는데, 그것도 줄을 잘 서야 달 수 있다는데, 그는 그 무겁다는 별을 삼년 만에 가벼웁게 하나 더 얹은 것이다. 하사도 중사 진급을 하려면 이 년을 근무해야 하고, 하다못해 사병들도 작대기 하나를 더 붙이려면 일 년이 걸리는 판인데, 그런데 그는 산천초목도 벌벌 떤다는 그 별을 규정도 뭣도 없이 이녁 꼴리는 대로 단 것이었다.

　그런 와중에 광주에서 일이 터졌다. 광주가 폭도들의 도시가 되고 있다 했다. 폭도들이 방송국과 신문사를 불태우고, 그것도 부족해 총을 탈취해 들고 시내를 누빈단다. 광주라는 도시는 완전히 무법천지인데, 그것이 점점 전라남도 일원으로 확산되고 있단다. 일이 터지기 전에 '김대중'이란 작자가 불순분자들과 내통해 내란음모를 꾸미고 있었는데, 계엄사에서 '김대중'을 체포하니까 그들이 들고일어났단다. 그 첫 단계로 폭도들이 광주를 접수해 버렸단다. 그들이 이제 행동반경을 전국으로 확장할 것이란다. 텔레비전은 방송국과 세무서가 불타는 장면과, 폭도들의 세상이 된 광주의 거리와, 폭도들이 버스 차창으로 총을 흔들며 시내를 누비는 모습을 해종일 반복적으로 보여주었다. 머리에 붉은 띠를 두른 채 버스 옆구리를 두드리며 구호를 외쳐대는 모습이나, 전경

헬맷을 빼앗아 쓰고 장갑차 위에서 총을 흔들어대는 장면이나, 그들이 했다고밖에 볼 수 없는 방송국이 불에 타는 화면은, 누가 봐도 광주가 이미 폭도들의 손에 넘어가버렸다는 사실을 확인시켜 주었다.

불순분자들이 제멋대로 설쳐대는 모습이 중동이나 동남아시아 저 어디가 아니라 대한민국의 한 도시라는 게 사람들은 이해가 안됐다. 백주대낮에 폭도들이 총을 들고 활보하는 그런 희한한 도시가 우리나라 지도 안에 있다는 게 도무지 믿어지지가 않는 것이다. 대한민국이라는 나라가 저 정도로 미개한 나라였던가. 고작 저런 수준밖에 안되는 국가였던가. 분노가 치밀어 오를 수밖에 없었다. 그나저나 저 '베트콩' 같은 놈들은 대체 어디서 온 것이냐. 저런 떼놈들이 활개 치는 저 도시는 대관절 어디에 있는 동네이냐. 저놈들이 정말로 이 나라 국민이고, 저 도시가 참말로 우리나라에 속해 있기는 하는 거냐. 그렇다면 저렇게 빨갱이들이 활개치고 있는데 나라에서는 왜 가만히 보고만 있는 거냐. 이 나라의 경찰과 군인은 다 어디에 가 있는 것이냐. 빨갱이들이 나라를 삼키려는 판인데 꿩 사냥이라도 나가 있는 거냐. 시방 가만히 앉아서 빨갱이들에게 나라를 내어줄 참이냐. 빨갱이랑 똥개는 때려잡는 게 상책이다. 당장 가서 저 폭도들을 때려잡아라. 얼른 가서 두둘겨 잡으란 말다!

텔레비전을 본 사람이면 백이면 백 누구나 그런 생각을 할 것이었다. 저들이 언제 자신들의 도시까지 접수해버릴지, 그래서 방송국을 불태우고 도시를 무법천지로 만들어버릴지, 그리하여 결국 자신들의 도시도 폭도들의 치하에 들어가게 될지 모르는 일이었다. 그러니 하루빨리 저들을 처리해 주어야 했다. 어쩌면 국민들에게 그런 생각을 갖도록 하기 위해 텔레비전은 같은 장면을 보여주고 또 보여주는지 몰랐다. 현재 저 도시가 저렇게 한심한 꼴이 되어 있으니 군인들이 진압해야 되지 않겠느냐. 폭도들이 발호해 나라를 어지럽히고 있으니 잔혹하게 짓밟아 본때를 봬줘야 하지 않겠느냐. 그래야 다시는 저런 짓을 안할 것 아니냐. 저걸 저대로 뒀다가는 당신의 일상도 위험해질 수 있고, 나아가서는 나라가 폭도들의 판이 될 수 있을 것이니, 그러기 전에 얼른 눌러버려야 되지 않겠느냐. 그래야 나라도 안전하고 당신들의 삶도 편안하지 않겠느냐. 그렇지 않느냐. 그것이 같은 장면을 반복해서 보여주고 있는 방송의 의도인지도 몰랐다. 아니 방송을 손아귀에 쥐고 있는 신군부의 의도라고 하는 게 맞는 말이었다.

형이 담배를 길게 빨더니 길게 뱉고는 다시 묻는다.
"그들이 총을 쏜 것이 시민군들의 발호로 인한 자위권 발동일까, 아니면 처음부터 그렇게 계획돼 있었을까? 전두환이는 정말 지휘선상에서 비껴나 있었을까? 그놈은 그저 보고만 받고 다른 놈이 나서서 지휘를 했을까? 그러니 전두환은 책임이 없는 걸까?"
형의 시선은 산중턱에 가 있다. 초록의 홑이불이 산을 덮었다. 이제 또 얼마가 지나면 저 이불은 짙은 초록으로 두꺼워지겠다.

형이 얘기하고 있는 그 일이 일어난 오월에게 사월이 바통을 넘기려는 참이다.

"김 하사, 혹시 총에 맞은 사람 본 적 있어?"

형의 눈길이 나에게로 옮겨진다. 이것은 답을 해야 하는 질문 같다.

"아니요. 총은 쏴봤지만 총에 맞은 사람은 본 적 없는데요."

전쟁터에 나가지 않는 이상 어디서 총에 맞은 사람을 보겠는가.

"총에 맞으면 어지간하면 사람은 죽네. 하체에 맞으면 피를 많이 흘려서 죽고, 몸뚱이에 맞으면 창자가 터져버리니 죽제. 위쪽에 맞으면 턱이 날아가든가 이마가 날아가네. 목을 관통하면 목이 그대로 떨어지기도 하고, 어떤 경우에는 머리통이 통째로 사라지기도 하제. 총알 서너 방이면 사람의 육신은 갈기갈기 찢기고 마네."

한국전쟁에 참전했을 나이도, 그렇다고 월남에 파견됐을 나이도 아니니 자신의 군대 얘기를 하려는 건 아니지 싶다. 아무래도 분위기가 광주 쪽으로 가려는 것 같다.

"오월 광주에는 그런 시신들이 부지기수였네. 금남로의 아스팔트에 도청 앞 분수대에 터미널 사거리에 광주역 광장에, 그리고 광주천변에 광주공원에 공단사거리에. 어떤 것은 턱이 부서졌고, 어떤 것은 이마가 없었네. 아예 머리통이 날아가버린 것도 여럿이었네. 어떤 것은 창자가 터진 채로, 어떤 것은 하체가 없어진 채로 아무렇게나 널브러져 있었제. 그래도 운이 좋은 시신은 시민들에 의해 도청으로 옮겨졌지만, 그렇지 못한 것은 군용트럭에 던져져 어디론가 사라졌네. 그래도 운이 좋은 시신은 무덤이라도 차지했지만, 그렇지 못한 시신들은 찢겨진 채 피 흘린 채 관도 없이 맨몸뚱이로 아무도 모르는 곳에 암매장 됐네. 그것이 내가 광주에서 본 총의 위력이네. 총을 맞으면 사람은 죽고, 그것도 더럽게 죽는다는 걸 나는 광주에서 알았네. 총은 대상을 그렇게 잔인하게 죽이는 살상무기네. 그러니 사람에게 총을 겨누는 건 그 자체가 이미 살인행위네."

형이 고개를 들어 산을 건너다본다. 한참을 그러고 있더니 광주의 뒷얘기를 잇는다.

광주에서의 학살은 5월 27일 새벽에 끝이 났네. 사방에서 포위망을 좁혀 도청에 남아 있던 시민군들을 살상하고 투항자들을 상무대로 이송함으로써 '충정작전'은 끝을 맺었제. 열흘간의 '인간사냥'이 마무리된 것이네. 다음날 한국공영방송은, "어제 새벽 세 시에서 다섯 시 사이 계엄군과 경찰은 광주를 탈환했다. 200여 명 이상의 학생들이 계엄군 측에 투항했으며 두 명은 끝까지 저항하다 사살되었다"고 보도함으로써 광주가 끝났다는 사실을 공식적으로 알려 주었네. 밤을 새워 콩 볶듯한 총소리가 온 시가지를 울려댔는데, 그래서 시민들은 밤새 잠을 못 이루고 공포에 떨었는데 겨우 '두 명'이 사살됐다 하니, 아마 공수부대들이 공중을 향해 위협사격만 했든가, 군인들에게 지급된 탄알이 전부 공포탄이었든가, 아니면 언론이 새빨간 거짓말을 하든가 그랬것제.

  광주가 끝났다는 뒷날에는 합동장례식이라는 게 있었네. 장례식이라기보다는 시신 처리 작업이라는 게 맞는 말이었제. 더운 날씨에 며칠째 비닐에 싸여 있어 부패돼가는 시신을 망월동에 갖다 묻는 일이었네. 시신들은 청소차에 대나캐나 실려 쓰레기처럼 공동묘지에 부려졌제. 사람의 시신이 아니라 죽은 지 며칠 돼버려 식용이 불가능한 돼지의 사체를 갖다 버리는 거나 진배없었네. 그런 시신들이 관도 없이 비닐에 싸인 채로 굴착기가 파 놓은 구덩이에 아무렇게나 매장되었제. 마치 전염병으로 떼죽음을 당한 가축의 사체를 묻는 것 같았네. 그 군인 패거리들에게 광주시민은 정권을 잡기 위해 지내는 고사상의 돼지머리 이상이 아니었제. 맞춤한 것을 골라 목을 잘라 쓰고는, 고사가 끝나면 아무데나 버리는 귀찮은 살덩이 말이네.

  광주에서 학살이 진행되는 동안 머리 벗어진 그 군인은 '국가보위비상대책위원회'라는 것을 만들었네. 국가의 모든 업무를 통제하고 조정하는 국가권력의 핵심 기구였제. 의장은 대통령이었지만 그는 얼굴 마담에 불과했고, 실제 힘을 쥐고 있는 '상임위원장' 자리는 그 군인의 몫이었네. 대통령의 재가를 얻은 형식을 취하고는 있어도 사실은 자기 스스로 위원회를 조직하고 또 자기가 직접 위원장 자리를 차지한 것이제. 정권을 잡기 위해 '충정작전'을 기획하고, 공수들을 투입해 잔혹하게 시민들을 공격하고, 그들로 하여금 무기를 들 수밖에 없게끔 만들고, 그에 기다렸다는 듯

무차별적으로 학살하고, 그리고 이참에는 그것을 해결한다며 위원장을 꿰차고 나선 것이네. 잔인하게 사람을 살상해 놓고는 장사를 지내주겠다며 팔을 걷고 나선 꼴이었제. 그런 자가 8월이 되자 별 하나를 더 달아 군인의 최고자리에 올랐네. 다섯 달 만에 중장에서 대장이 되는 것이니, 벗어진 이마빡에 붙은 네 개나 되는 별은 똥별 중에서도 상 똥별이라는 것을 스스로 입증한 것밖에 안되는 것이었제.

그가 별 네 개를 단 지 열흘이 안돼 그 핫바지 대통령이 자리에서 물러났네. 대통령 스스로 물러나는 형식을 취하고는 있지만 내막은 뻔한 것이었제. 그 멋대로의 별 네 개가 대한민국 권력의 9부 능선에 올랐다는 징표였제. 이제 그는 대통령이 내려온 그 한 계단만 오르면 되는 거였네. 그 낌새를 알아챈 방송에서는 벌써 '전두환 대통령 만들기'에 열을 올리고 있었제. 방송마다 특집을 마련해 그를 우상화하고 신격화하느라 난리법석이 아니었네. 도저히 눈 뜨고는 못 봐줄 꼭두각시들의 막춤이었제.

그런 그가 마침내 대통령이 되었네. 그의 선배인 전직 대통령이 만들어놓은 '통일주체국민회의'에 단일 후보로 입후보하여 2525명의 선거인단에서 단 한 명의 무효표를 제외한 2524명이 찬성표를 던짐으로써 그가 대한민국 제11대 대통령에 당선된 것이제. '군인들의 대장'에서 마침내 명실상부 '대한민국의 대장'으로 올라선 것이네. 12월 12일의 쿠테타 이후 164일 만에, 별 네 개가 된 지 열하루 만에 '세계에서 가장 오래 걸린 쿠테타'를 완성한 것이제. 지난 세월 자신이 존경하고 따랐던 그 키 작은 '오야붕'의 뒤를 이어 드디어 청와대의 주인이 된 것이네.

 그는 대통령에 취임하자마자 광주를 방문했네. 그 자리에서 그는, "앞으로 광주사태에 대해 더 이상 거론하지 말고 치유에 힘쓰자"고 말했제. 수많은 사람을 살상한 자신의 짓에 대한 사과나 반성 따위는 눈곱만큼도 찾아볼 수 없었네. 참으로 더 이상 그럴 수 없을 만치 철면피한 인간이었제. 오직 청와대에 들어가려는 자신의 검은 야욕을 채우기 위해 수백의 무고한 생명을 무참히 앗아놓고는 이제 더는 그것을 거론하지 말라는 것이네. '인면수심'이라는 말을 갖다 댈 수 있겠지만 그건 외려 짐승을 욕 먹이는 것이었네. 세상의 어떤 짐승도 자신이 대장이 되기 위해 같은 종種을 닥치는 대로 죽이지는 않네. 수백의 사람을 그토록 잔인하게 죽이고, 그보다 몇 배의 사람들을 암매장하고, 또 그보다 몇 배의 사람들을 불구로 만들었으니, 그에게는 '살인마'라는 표현이 적확했제. 그 살인마는 어쩌면 사과나 반성보다는 다시 한 번 광주 시민들에게 엄포를 놓고 싶었는지 모르네. 만약에 계속해서 그것을 물고늘어지면 더 큰일이 일어날 수도 있고, 또한번 그런 일이 생기면 그때는 아예 광주를 지도에서 파버릴 수도 있다고. 나는 이제 이 나라의 대통령이 되었고, 그래서 마음대로 권력을 행사할 수 있으니, 저번과는 달리 내놓고 그래버릴 수 있다고. 그러니 죽고 싶지 않으면 더 이상 떠들지 말고 조용히 입 다물고 있으라고. 그는 그 얘기를 하고 싶었는지 모르네.

정권을 잡은 그들은 광주를 '광주만의 것'으로 고립시켰제. 오월의 광주를 '빨갱이 우두머리 김대중'과 그를 따르는 '전라도 빨갱이들'이 '빨갱이 도시'에서 일으킨 소요사태로 한정 지으려는 것이었네. 그렇게 함으로써 그들은 '적敵의 창출' 효과를 노리고 있었네. 지역감정을 조장해 '적을 창출'함으로써 나머지 지역으로 하여금 공동의 적을 갖게 해 그들을 통합시키려는 의도였제. 그들은 호남과 비호남을 갈라 서로의 감정을 대립시키고, 그런 차별적 감정을 조작해 국민들에게 호남지역 배제의 감정을 갖게 함으로써, 호남을 제외한 다른 지역을 통합시키는 동시에, 호남에 대한 모든 지역의 반감을 자신들의 안전판으로 활용하려는 것이었네.

'적의 창출' 효과를 위해 그들이 다음 단계로 취한 것이 요직에서 호남 인사를 배제하는 것이었네. 높은 자리에 있던 그나마 몇 되지도 않는 호남사람은 축출해내고 새로운 자리에는 호남사람을 안 앉혔제. 장관이나 군 인사, 그리고 법조계나 경찰 인사에서 전적으로 호남사람들을 제외시켰네. 설혹 한둘 끼어 있더라도 그것은 해도 너무한다는 소리를 안 듣기 위한 얼굴마담으로였제. 법무부장관이나 국방부장관, 검찰청장이나 안기부장 같은 알맹이는 전부 저쪽 출신을 시키면서, 농수산부장관이나 통일부장관이나 무임소장관 같은 핫바지 자리들은 동냥처럼 이쪽 동네로 던져주는 식이었제. 그러면서 그들은 그러는 것이네. 광주를 통해 당신들도 보았지만 그쪽 동네는 불순분자나 폭도들이 사는 빨갱이 동네 아니냐. 빨갱이들이 사는 붉은 땅이란 말이다. 그런 놈들을 중요한 자리에 앉히면 나라가 어찌 되겠느냐. 그랬다가는 이 나라 전체가 광주 꼴이 될 판인데 어떻게 그놈들에게 요직을 맡기겠느냐. 그쪽 놈들은 날 때부터 그렇게 생겨났으니 때밀이나 구두닦이나 조폭이나 하든가, 좀 높이 올라가도 '시다바리'나 하는 게 맞다. 그런 것이 그들에게도 맞고 나라에도 보탬이 된다. 그들은 이 나라의 '3등 국민'이니 그에 맞게 취급해야 한다. 그게 호남을 바라보는 그들의 태도였고 또 국민들에게 강요하는 시각이었제. 물론 술자리를 즐기다 총에 맞아 죽은 그 대통령 때부터, 아니 그 오래전부터 국토의 서남부는 내내 역사에서 배제되어 온 게 사실이지만, 새롭게 정권을 잡은 그 군인 패거리들은 그것을 노골적으로 심화시켜 갔네. 그림으로써 호남사람들에 대한 편견은 더 심해질 수밖에 없었고, 그것은 점점 시민들의 인식에, 특히나 정권을 떠받치는 그쪽 사람들에게는 심각한 수준으로 확산돼 나갔제.

  그 일의 선두에 선 게 언론이었네. 남쪽의 한 도시가 완전히 피로 물들어가고 있는데도 이 나라의 어떤 언론도 그것을 사실대로 보도하지 않았네. 팔 개월 된 임신부가 총에 맞고 쓰러져 뱃속의 아기가 숨이 가빠 발을 차는데도, 총탄에 머리가 날아가 버린 시신을 리어카에 싣고 가며 애타게 울부짖는데도, 관이 부족해 널빤지라도 좀 보내 달라고 간절히 도움을 요청하는데도, 그러는데도 이 땅의 텔레비전이라는 것에는, 한 남자를 두고 두 여자가 다투는 사랑이야기나, 신나게 아랫도리를 흔들어대는 여가수의 모습만 나오고 있었제. 죽어가는 한쪽인데 희희낙락의 다른 쪽인 것이었네. 그 도시는 대한민국의 도시가 아니었고 그 방송 역시 이 나라의 방송이 아니었네. 그러다가 그래도 너무 한다 싶어 뉴스에 한두 꼭지 내보내는 것이라고는, 차라리 입 다물고 있는 것만도 못한, '불순분자의 책동'이니 '남파된 북괴 간첩들의 사주에 의한 폭도들의 소요'니 하는 것들이었네. 시민들이 총에 맞아 죽어가고 있는 동안에도, 광주가 끝나 부패돼 가는 시신을 쓰레기처럼 묻고 있을 때에도, 무덤 앞에 몰래 밥 한 술 떠 놓고 속울음을 울고 있을 때에도 이 나라의 모든 방송은 약속이나 한 듯 꼭같이 그랬네. 그러니 이 땅의 많은 사람들이 광주에서 그런 일이 있었는지조차 모르는 것은 어쩌면 너무나 당연했제. 광주는 '격리된 고도孤島'였네.

길게 말을 끝낸 형이 담배를 붙여 문다. 한 모금을 빨고는 나를 돌아본다.

"누가 책임을 져야 할까? 공수들이 직접 방아쇠를 당겼으니 그들이 책임을 져야 할까? 상급자가 명령을 내렸을 것이니 중대장에게 책임을 물을까? 아니면 더 올라가서 직속상관인 대대장? 그 위의 사단장? 아니면 참모총장이나 국방부장관? 책임의 화살은 최종적으로 누구에게 가야 할까?"

무장한 군인들이 비무장의 민간인을 무차별 쏘아죽인 경우겠다. 총의 영점을 잡은 뒤 표적을 향해 실사격을 하듯 살아 움직이는 표적을 겨누어 방아쇠를 당긴 것이겠다. 총탄이 표적지에 맞아 구멍이 뚫리면 기분이 좋듯 살아 있는 표적이 피를 튀기며 나뒹굴 때 사수는 속으로 환호성을 질렀을까. 그리고 다음 표적을 향해 또 가늠자와 가늠쇠를 맞추었을까. 그런 뒤 호흡을 멈추고는 가볍게 방아쇠를 당겨댔을까.

"실권을 쥔 자가 명령을 내렸겠지. 그가 발포명령자겠지."

형이 한 모금을 빨더니 말을 잇는다.

"그놈이 바로 대머리 아녀? 지금 정권을 잡고 있는 전두환 아니냐고! 그가 바로 광주 학살의 책임자야. 그놈이 발포 명령자라고! 백주대낮에 제 나라 국민을 총으로 쏴 죽이라고 시킨 놈이라고! 그런 놈이 지금 버젓이 대통령 자리에 앉아 나라를 다스리고 있다고! 그게 바로 대한민국이라는 나라의 민낯이라고!"

흥분한 듯 형의 목소리가 한 켜 높아진다.

누군가 사격명령을 내렸을 것이다. 탄착점을 찾기 위한 아홉 발의 영점사격에도, 이어지는 열다섯 발의 실사격에도 다 교관의 명령이 있어야 방아쇠를 당길 수 있다. 그런데 하물며 사람을 향해 쏘는데, 더군다나 전쟁 상황도 아니고 백주의 도시에서 민간인에게 발포하는데 어떻게 명령이 없을 수 있겠는가. 그것은 머리에 총을 맞아도 안 죽는다는 말처럼이나 말이 안되는 소리다. 그렇다면 시민들에게 발포해도 좋다는 명령을 누가 내릴 수 있을까. 사단장이? 가망 없는 소리다. 그러면 사령관이? 그것도 어림없는 소리다. 전쟁 때라면 몰라도 평시에는 절대 그럴 수 없다. 그것은 맨 꼭대기만이 할 수 있다. 그것도 아주 잔인하고 잔혹한 자라야만 가능하다. 그가 명령권자다. 그가 바로 한낮의 살인마다. 그가 바로 그 자 아니냐?

"그때의 광주시민들 모두가, 그리고 광주의 모든 장면들이 안 잊히지만, 그중에 진짜로 안 잊히는 장면과 사람이 있네."

형이 지그시 눈을 감는다. 그리고 얼마를 그대로 있는다. 그러더니 입을 연다.

"5월 27일 밤이었네. 광주의 마지막 날이었제. 새벽에 계엄군의 총공세가 있을 거라는 얘기들이 돌았네. 도청에는 오륙백 명 정도가 남아 있었제. 저녁이 되자 위험을 느낀 일부 사람들이 돌아가고 삼사백 명 정도가 남았을 거네. 지도부에서 다시 고등학생과 여학생은 돌아가라 했제. 오늘의 싸움을 세상에 전해야 한다고, 그래서 광주의 의미를 사람들에게 알려야 한다고. 거기서 또 여럿이 돌아가고 끝내 가기를 거부하는 고등학생들 너덧이 남았네. 지도부에서 한번 더 돌아가라 했제. 여기는 어른들이 지킬 테니 너희들은 빨리 나가라고. 죽는 것보다 살아서 할 수 있는 일이 많으니 살아남아야 한다고. 그러자 그애들 중에 한 녀석이 앞으로 나오더니 사람들을 둘러보며 말을 하더군.

『저희들도 며칠 동안 광주에서 일어난 일을 다 보았습니다. 군인들이 시민들에게 무슨 짓을 했는지도 다 알고 있습니다. 그 참상을 세상에 알리는 것도 중요하기는 할 것입니다. 하지만 사람들을 놔둔 채 저희들만 나갈 수는 없습니다. 저희들도 끝까지 여기 있겠습니다.』

　학생이 분명한데 군복에다 군화까지 신고 있어 좀 이상하다 싶었제. 혹시 계엄군 프락치가 아닌가 하는 의심도 들고. 그래서 다시 보게 됐제. 군복이 물이 빠져 있고 몸에 딱 맞는 게 형이나 삼촌 옷은 아니었어. 제 옷이 분명해. 윗도리에는 파랗게 칠한 단풍하사 계급장도 달려 있드마."

"예? 단풍하사 계급장이요?"

　나는 깜짝 놀라 형을 쳐다보았다. 내 반응에 허공에 가 있던 형의 눈길이 나에게로 옮겨진다.

"파란 단풍하사 계급장이, 여기에요?"

　나는 군복 상의 왼쪽 주머니 덮개의 내 계급장을 손가락으로 짚었다.

"이이, 글드마. 거기에 파란 단풍하사 계급장이 달렸든마."

　어, 이거 우리 학곤데. 고등학생이 군복을 입고 단풍하사 계급장을 달았다면 분명 우리학교 학생인데. 전국 고등학교에서 군복을 입는 곳은 우리밖에 없는데. 2학년이 되면 1학년 때의 하얀 갈쿠리에 매직을 칠해 파랑으로 만들었는데. 3학년 때는 그 위에 또 빨강을 칠하는 바람에 거무죽죽한 색깔이 되었고.

"나는 단풍하사가 빨간색만 있는지 알았는데 파란색도 있드마. 그래서 더 유심히 보게 됐제."

　영락없이 우리학교 애가 맞다. 이전에 학교를 나갔든가, 아니면 재학중인 애일 것이다.

"그, 그런데요? 그 애는 어찌 됐습니까?"

나도 모르게 목소리가 한 뼘 높아져 있다.

이상하다 싶은지 형이 나를 슬쩍 돌아보더니 말을 잇는다.

"고등학생 아니냐고 물었제. 그니까 고등학교 2학년이래. 근데 왜 교련복이 아니고 군복을 입었냐니까, 그런 거 있담서 그냥 웃고 말아. 총 쏠 줄 아냐니까, 픽 웃으면서, 자기들은 고등학교 1학년 때 그런 거 다 해봤다 그러네. 부대 들어가서 병영훈련도 받았다든마. 대학교도 아니고 고등학교에서 병영훈련을 받는 특이한 학교도 다 있구나 싶었제."

우리 학교가 확실하다. 후배 중 누군가가 그곳에 있었던 거다.

"이름이 뭐냐 물었제. 이름표 붙였던 자리에는 뜯긴 자국만 있드마. 잠시 머뭇대더니, '염진혁'이라 그래. 성이 좀 특이하고, '혁'이라는 강한 느낌의 글자가 들어 있어서 확실히 기억해. '진'자는 내 가운데하고 똑같고."

틀림없이 후배가 맞다. '염진혁'. 항쟁에 참여하기 위해 구미에서 광주까지 가지는 않았을 테다. 전국적으로 학생을 모집하니까 학교를 나갔다가 항쟁에 참여했을 가능성이 크다. 부대에 후배들이 있으니 알아봐야겠다.

"녀석을 구석으로 불러 같이 나가자 했제. 구태여 개죽음 당할 필요가 없다고. 살 수 있는데 뭘라고 역부러 죽으려 하느냐고. 그러니까 녀석이 그러더군."

『선생님, 저는 나갈 수 없습니다. 이 싸움에서 진다는 것도, 여기 있으면 죽는다는 것도 알고 있습니다. 이 칼빈으로 어떻게 저 M16을 이기겠습니까. 예비군 수준도 안되는 이삼 백의 시민군이 어떻게 공수 몇 개 여단을 이기겠습니까. 더구나 저희들은 공수들에게 총 한 발 못 쏠 겁니다. 어떻게 저희들이 사람을 겨누어 총을 쏘겠습니까. 글지만 저는 나갈 수가 없습니다. 저는 아버지가 물려주신 정신적 유산을 지켜야 합니다. 아버지는 병든 사회는 살지 말라 했습니다. 집념은 복수보다 강하다고도 했습니다. 정신의 사람으로 와신상담臥薪嘗膽하라고 했습니다. 저들과의 싸움에서는 질 수밖에 없지만, 그렇다고 정신에서까지 질 수는 없습니다. 총이 육체를 이길지는 몰라도 정신은 절대로 못 이깁니다. 저는 정신의 사람이어야 합니다. 그게 아버지의 유언입니다. 그래서 저는 나갈 수 없습니다. 선생님 그럼, 안녕히 가십시오.』

그러면서 녀석은 위층으로 올라가더군."

형이 담배를 붙이더니 길게 연기를 뱉는다.

"혼자서 슬그머니 사무실을 빠져 나왔네. 현관을 나와 마당으로 두어 발짝 디뎠을까.

탕!

한 발의 총성이 밤하늘을 찢더군. 그리고 누군가가 어떤 이름을 부르며 울부짖더군. 조금 전에 내가 물었던, 군복을 입고 있던 그 이름이었네. 병든 사회와, 복수보다 강한 집념과, 와신상담을 얘기했던 그 아이. 총이 이길 수 없는 정신과, 정신의 사람을 말했던 그 고등학생 말이네."

형이 고개를 뒤로 꺾은 채 멍한 눈길로 하늘을 올려다본다.

"도청을 빠져나와 샛길로만 걸었네. 한 시간쯤 걸었을까. 총소리가 콩 볶듯 하드만. 계엄군의 작전이 시작된 거였네. 자동에 놓고 드르르륵 갈겨대드만. 사람이고 뭐고 아예 쑥대밭을 만들 작정인 것 같드마. 개미새끼 한 마리 못 살아남을 총소리였어. 아마 도청에 남아 있던 사람들은 벌집이 되어 가고 있었을 거네."

형의 눈길은 여전히 하늘 저 멀리에 가 있다. 형의 두 볼로 눈물이 흘러내린다.

이 형은 뭐하는 사람일까. 마지막 순간에 도청에 있다 나온 모양인데 지금은 왜 여기에 있는 걸까. 그리고 그 녀석은 대체 어떤 녀석이기에 살 수 있는데도 죽음을 택한 것일까. 어떤 정신의 녀석이기에 고등학교 2학년짜리가 그런 길을 택한 것일까.

"마지막에 그곳에 있었던 사람들의 표정이 아직도 안 잊히네. 시시각각 다가오는 죽음의 공포에 몹시나 두려웠겠지만, 다들 그걸 내색 않으려 했네. 가능하면 얼굴을 안 마주치려고 눈을 내리깔든가, 천장으로 눈을 올리든가, 벽을 보고 있었제."

형이 허공으로 길게 연기를 뱉는다.

"세상에 죽음이 안 두려운 사람이 어디 있겠는가. 세상천지에 죽음만큼 두려운 게 또 어디 있겠는가. 그런데 그들은 스스로 죽음을 택했네. 빠져나가면 얼마든지 살 수 있는데 그들은 그러지 않았네."

형의 눈길은 내내 허공을 더듬고 있다. 봄 하늘의 어디에서 그들의 눈길을 찾고 있는 듯하다.

그 후로 나는 더 자주 그곳에 가게 됐다. 당직을 서고 퇴근하는 날이나 근무가 없는 주말에는 그곳에서 자고 오기도 했다. 그런 날이면 형과 나는 토방에 앉아 술잔을 나누었다. 술은 소주였고 안주는 사이다였다. 이쪽 중발에는 소주를, 다른 중발에는 사이다를 따른다. 사이다가 없으면 샘물로 대신한다. 술 한 잔 먹고 사이다 한 잔 먹고, 다시 술 한 잔 마시고 물 한 잔 마시고. 형과 나는 네 개의 중발만으로 술을 마셨다. 가장 정결한 음주 법이었다.

술잔을 사이에 두고 형과 나는 이런저런 얘기를 나누었다. 나누었다고는 하지만 주로 형이 말을 하는 쪽이었다. 가끔씩 시국에 대한 얘기가 끼어들기는 했지만 내 신분을 고려해서인지 형도 시국 얘기는 피하는 듯했다. 광주 얘기도 마찬가지였다. 아마도 광주 얘기를 할 적마다 형에게는 그곳에서 혼자만 빠져 나왔다는 자책감이 되일어날 것이었다. 그래서 이야기는 자연스레 문학 쪽으로 기울었다. 나도 관심이 있었고, 형도 그쪽으로는 얘깃거리가 많았다. 내가 『만다라』에서 읽은 '병 속의 새'를 이야기하면, 형은 『레 미제라블』이나 『고요한 돈강』을 들고 나와 혁명과 사랑을 이야기했다. 내가 한창 뜨고 있는 『들개』를 꺼내면, 형은 『장 크리스토프』나 『달과 육 펜스』를 펼쳐들며 진정한 예술가에 대해 설파했다. 내가 『젊은 날의 초상』을 얘기하면, 형은 『매혹된 영혼』을 가져와 젊은 날의 사랑과 혁명을 이야기했다. 나는 생전 들어보도 못한 것들이어서 언제 읽어봐야겠구나 생각하며 머릿속에 메모만 할 뿐이었다.

그러다가 술이 얼근해지면 우리는 북을 메고 마당으로 나간다. 네둘레는 어둠으로 깜깜하다. 산등성이에서 흘러내린 밤으로 어둠은 여느 곳보다 서너 뼘 더 두껍다. 장작불을 피워 어둠을 쫓고는 둘은 그 앞에 마주 선다. 형이 종주먹을 내지르며 노래를 시작한다. 나는 북을 친다.

사랑도 명예도 이름도 남김없이
한평생 나가자던 뜨거운 맹세

처음에는 무슨 노래인지 몰라 조용히 듣고만 있었다. 뭔가 결연하다는 느낌만 들었다. 그러다가 그것이 광주와 관련돼 있다는 얘기에 귀를 기울이게 됐다. 두어 번 반복되자 나도 따라 부를 수 있게 되었다. 하지만 소리 내어 부를 수는 없었다. 군인이라는 내 신분이 목소리를 못 만들어내게 했다. 나만의 생각을 가질 수는 있지만, 그것이 군인에게 요구되는 그런 종류의 것이 아닐 것은 확실하지만, 그러나 그것을 마음대로 표출할 수는 없었다. 나는 엄연히 대한민국 국방부 소속의 육군하사였다. 그래서 속으로만 조용히 따라 불렀다.

앞서서 나가니 산 자여 따르라
앞서서 나가니 산 자여 따르라

앞서서 나간 그 녀석이 생각키웠다. 병든 사회는 안 살겠다며 복수보다 강한 집념으로 자신을 지켰던 정신의 녀석. 와신상담의 자세로 끝내 총구를 이겼던 집념의 녀석. 그럼으로써 아버지의 정신적 유산을 상속한 그 녀석이 저 앞에 가고 있었다. 학교는 나보다 나중에 들어왔지만 정신과 죽음에서는 나보다 저만큼 앞서 가고 있는 친구였다.

형의 노래가 끝나면 둘은 마당을 돈다. 장단은 어릴 때 동네 굿에서 들던 그 가락이다.

둥 둥둥 울려라, 벅구 둥둥 울려라, 내가 잘하면 내 아들, 네가 잘하면 네 아들

북소리는 산골짝을 울리며 밤하늘로 퍼져나간다. 장작불이 비치는 형의 얼굴이 물감을 칠한 듯 붉디붉다. 아마 내 얼굴도 저렇게 붉게 타고 있으리라. 나는 장작불에 물든 얼굴로, 내 절망과 한숨이 하늘 저 어디로 가버리라고, 내 안에 있는 그것들이 북소리에 실려 사라져버리라고, 죽으라고 죽으라고 북을 두드린다. 둥둥, 가라, 절망이여! 둥둥, 가라, 한숨이여!

형은 어깨를 우줄거리며 내 뒤를 따른다. 뻗어 너울거리는 손짓을 따라 형의 자책감도 어둠속으로 날아가 버렸으면 좋겠다. 그것이 꼭 형 혼자만 갖고 있는 것은 아닐 터이니, 이 땅의 많은 사람들이 형과 같은 마음을 갖고 있을 터이니, 그들의것도 하늘 저

편으로 떠갔으면 좋겠다. 나는 진혼의 마음을 담아 어둠의 하늘로 북소리를 날려 보낸다. 북소리는 밤을 타고 하늘 멀리로 흩어져간다. 둥! 둥! 둥!

산골짜기의 밤은 그렇게 깊어갔다.

싸이트에 헌병 백차가 들이닥친 건 오월 말이었다.

레이더를 정비하고 있는데 사병이 올라오더니 헌병이 왔다며 빨리 상황실로 가보란다. '헌병'이라는 말에 좀 움츠러들기는 했지만 서두르지는 않았다. 군대생활도 삼 년째인지라 헌병에 얼군번도 아니었고, 무엇보다 헌병대와 관련 있을 게 전혀 없었기 때문이다.

공지선을 따라 길게 만들어진 계단을 걸어 내렸다. 상황실 앞에 백차가 서 있다. 좀 쪼는 듯한 느낌이 들기는 한다. 상황실 앞으로 가는데 헌병 헬멧을 쓴 군인 둘이 내 쪽으로 걸어온다.

"김해진 하십니까?"

높임말이다.

"예. 그런데요."

사병이겠지만 헌병인지라 나도 말을 높였다.

"같이 가셔야겠는데요."

영문도 모른 채 나는 차에 태워졌다. 헌병 한 명이 내 옆에 앉았고, 사복을 입은 선탑자가 앞에 앉았다. 차는 곧바로 출발했다.

"어디로 가는 겁니까?"

차가 위병소를 나서자 선탑자에게 물었다.
"이 새끼, 아구지 안닥쳐!"
욕설과 함께 느닷없이 옆에서 손바닥이 날아왔다. 몸이 휘청, 뒤로 넘어갔다.
"똑바로 앉어 이 새끼야!"
나는 무릎을 모으고 똑바로 앉았다. 그렇게 부동자세인 채 두 시간 남짓을 달린 것 같았다. 그리고 거무칙칙한 건물로 데려가졌다.
"최진석이 알지?"
사복차림의 스포츠머리가 들어오더니 건너편에 앉으며 묻는다.
최진석? 처음 들어보는 이름이다. 초등학교 때 공부 잘했던 동무는 '김'진석이다.
"모르겠습니다."
나는 바짝 쫄아 있는 상태다.
"이 새끼가, 뒤질라고!"
순간적으로 손바닥이 뺨을 후린다. 나는 바닥으로 나가떨어졌다.
"이 새끼, 안 일어나!"
나는 잽싸게 일어나 의자에 앉았다.
"최진석, 알아, 몰라?"
"모르겠습니다!"
나는 허리를 바짝 펴며 크게 대답했다.

"이 새끼가 진짜로."

다시 손바닥이 뺨을 후려친다. 나는 여지없이 바닥으로 나동그라진다.

최진석? 최진석? 아무리 머리를 짜보아도 모르는 이름이다. 기억할 수 있는 최초의 지점부터 더듬어도 진짜로 없는 이름이다.

"이 새끼 안 일어나!"

나는 다시 후다닥 일어나 의자에 앉았다.

"최진석이 알아, 몰라!"

"김진석은 압니다!"

나는 진짜로 모른다는 눈길로 조사관을 쳐다보았다.

"이 새끼가 장난치나!"

또 손바닥이 날아온다. 짝! 나는 다시 바닥으로 자빠졌다.

"이 새끼, 화장실 갔어?"

사복이 소리친다. 나는 재빨리 의자에 앉았다.

"최진석이 알아, 몰라?"

대답을 할 수도 안할 수도 없다.

"진짜 모르는 이름입니다!"

나는 더 크게 대답했다.

"이 새끼, 악질이네."

조사관이 나를 흘낏 쳐다보더니,

"너 절에서 누구랑 만났지?" 하며 손바닥을 날리려다 만다.

어, 그럼 그 형 이름이 최진석인가. 가운데에 '진'자가 들어 있다

했는데 그랬는가. 그렇다면 이게 형과 관련돼 있는 건가. 그러면 혹 광주? 이거 짜끗하다 뒈지는 수가 있겠구나. 온몸에 좌르르 소름이 끼쳤다.

"너 이 새끼, 최진석이랑 만나 술 처먹었지!"

나는 대답을 못하고 있다.

"너 이 새끼, 빨갱이지?"

가슴이 덜컥 내려앉는다. 지금 조사관이 나한테 빨갱이라고 묻고 있다. 북한에 동조하는 뻘건 피를 가진 인간이라는 것이다. 군복을 입은 내가 빨갱이라면 그건 간첩이라는 소리 아닌가. 아, 이거 진짜 인생 아작났구나. 나는 바르르 진저리를 쳤다.

"아, 아닙니다! 저, 저는 대한민국 육군하삽니다!"

나는 자리에서 벌떡 일어나며 단호하게 소리쳤다.

"앉아 이 새끼야. 너 대답 똑바로 안하면 오늘 부로 뒈져!"

그러고는 또 질문들이 이어졌다. 최진석과 언제 어떻게 몇 차례 만났으며, 왜 친해졌으며, 서로 무슨 얘기를 나눴으며, 최진석에게 무슨 교육을 받았으며, 최진석이 시킨 것이 무엇이냐 하는 것들이었다.

나는, 몇 번 만나 술을 마셨을 뿐이며, 그렇게 친한 것은 아니며, 그냥 문학에 대한 얘기를 나눴으며, 특별히 교육 받은 것은 없으며, 시킨 것도 없다고 대답했다. 거짓말을 한다며, 대답마다에는 여지없이 손바닥이 날아들었다. 손바닥이 지쳤는지 나중에는 주먹이 날아왔다. 하도 맞아서인지 나중에는 조사관의 질문이 귀에 잘 안 들렸다. 조사관의 입을 보며 얼추 짐작해 대답하는 수밖에 없었다. 그래도 없던 것을 있었다고 할 수는 없었다. 내 앞에 어떤 상황이 놓여 있는지는 알 수 없지만 잘못 대답해 '빨갱이'가 될 수는 없는 일이었다. 그랬다가는 진짜로 인생이 종칠 판인 것이다. 그러면서도 내심 『황토』 필사시집을 들이밀면 어쩌나 싶었다. 판금서적이라 했으니 만약 그들이 내 방에서 그것을 찾아냈다면 나는 여지없이 빨갱이로 걸려들 것이었다. 혹여 모른다며 형이 감춰두라 해서 나는 그것을 비닐봉지에 싸 내 방 윗목 장판 밑에 넣어두고 있었다. 시집을 거의 외운 뒤라서 구태여 꺼내볼 것도 없었다. 내 방을 뒤졌는지 어쨌는지는 모르지만 다행히 그것은 안 디밀었다.

얼마의 시간이 지났는지 짐작할 수도 없었다. 두어 시간이 된 듯도 하고 너덧 시간이 지난 듯도 싶었다.

"너 이 새끼, 인생 종친 건데 오늘 운 좋은지 알아. 나 아니었으면 넌 남한산성이야 이 새끼야. 알았어?"

"예! 감사합니다!"

나는 벌떡 일어나 꾸벅 인사를 했다.

문 열리는 소리가 들리고 헌병 하나가 책상 옆에 와 선다. 앞에 앉은 사복이 헌병에게 유치시키라고 지시한다.

"소지품 다 꺼내!"

헌병이 명령한다. 나는 주머니를 뒤져 지갑을 꺼내 놓았다.

"군번줄도 풀어 이 새끼야!"

헌병의 말이 거칠어져 있다. 나는 얼른 군번줄을 벗어 책상 위에 놓았다.

"갈아입어!"

헌병이 파란색 옷을 툭 던진다. 흰 천으로 된 5678이 눈에 띈다. 나는 허겁지겁 옷을 갈아입었다.

"넌 이제 5678호수 김해진으로 불린다, 알았나?"

"예! 알겠습니다!"

"이 새끼 대답 봐라!"

나는 몸을 바짝 세웠고, 헌병이 다시, 알았나, 했고 나는 있는힘을 다해 예! 라고 크게 대답했다. 그렇게 해서 나는 '5678호수 김해진'이 되었다.

헌병에게 팔짱이 끼인 채 복도를 걸어 지하로 십여 개의 계단을 내려갔다. 큰 철문이 있고 위쪽에는 '세심도장'이라는 나무간판이 붙었다. 순간적으로 '마음을 씻는 곳'이면 '도량'이 맞는데라는 생각이 머리를 스친다. 그런데 나중에 보니, 낮이고 밤이고 상시적으로 구타가 행해지는 곳이어서, 헌병은 헌병대로 죄수들은 죄수들대로 시도때도없이 운동을 하는 곳이므로 '도장'이라 하는 게 맞을 듯 싶었다.

"제자리에 서!"

나는 걸음을 멈추었다.

"간판 보이지?"

"예! 보입니다!"

"간판을 열 번 외친다, 실시!"

"세심도장!"

"이 새끼, 목소리 봐라! 꼬라박아!"

바닥에 재빨리 머리를 박았다.

"일나!"

후닥닥 몸을 일으켰다.

"열번 외쳐!"

"세심도장!"

"꼬라박아!"

"일나! 열 번!"

"세심도장!"

그렇게 예닐곱 번을 반복하고 나서 헌병이 철문을 열었다. 당직 헌병이 나를 인수하자 뒤에서 덜컹, 문이 닫혔다.

아, 이곳이 군대감옥이구나. 이곳이 그 악랄하다는 영창이라는 곳이구나.

얼어붙은 듯 서 있는데 이상한 소리가 들려온다. 동물소리인지 귀신소리인지 잘 분간이 안된다. 내가 지옥에 끌려온 것인가. 주위를 둘러보았다. 머리를 빡빡 깎은 사람들이 철창 안에 질서정연하게 앉아 있다. 괴성은 그들에게서 터져 나오고 있다.

이곳에 들어오면 다들 저렇게 괴상한 소리를 질러대는 짐승으로 변하는구나.

나는 눈을 질끈 감아버렸다.

"김해진 하사!"

"예! 하사 김해진!"

차렷자세를 취하며 관등성명을 복창했다.

"이제부터 넌 계급이 없다. 5678호수다. 알았나?"

"예! 알겠습니다!"

나는 있는힘껏 소리쳤다.

"이 새끼, 목소리 봐라. 알았나!"

"예! 알겠습니다!"

나는 더 있는힘껏 소리쳤다.

"옷을 다 벗는다, 실시!"

"실시!"

"이 새끼, 동작 봐라!"

나는 재빨리 옷을 벗고 부동자세를 취했다.

"팬티까지 벗어 이 새끼야!"

나는 후다닥 팬티를 벗었다.

"이 새끼, 좆은 꼭 좆만 하구마."

헌병이 힐쭉 웃는다. 나는 몸을 바짝 폈다.

"뒤로 돌아!"

오른발을 빼 뒤로 돌았다.

"5보 앞으로!"

절도 있게 다섯 발을 걸었다. 앞에는 수도꼭지에 고무호스가 끼워져 있다.

"샤워 시간은 1분! 샤워 시작!"
호스를 들어 이리저리 물을 뿌렸다.
"샤워 끝! 뒤로 돌아! 5보 앞으로!"
헌병은 조금 전까지는 없던 야구방망이를 들고 있다,
"5678호수!"
"예! 5678호수!"
"여긴 왜 들어왔지?"
"잘 모르겠습니다!"
나는 사실 내가 왜 거기에 들어왔는지 몰랐다. 그저 '진석이 형'과 관련됐다는 정도만 짐작할 뿐이었다.
"개새끼야, 모르면서 여기를 왜 와! 이 새끼 꼴통이네. 엎드려뻗쳐!"
나는 얼른 엎드려뻗쳤다.
"지금부터 열 개를 센다. 움직이면 허리 부러지니까 알아서 해."
"예! 알겠습니다!"
퍽! "하나!" 퍽! "둘!" 퍽! "셋!" 퍽! "넷!" 퍽! "다섯!"
다섯을 세고는 저절로 팔이 굽혀졌고 배가 땅에 깔렸다. 일어서려 하나 일어설 수가 없다. 온몸에 찬물이 쏟아진다. 팔을 펴며 어찌어찌 바닥에서 배를 뗀다. 몸에서 흘러내린 물이 눈으로 파고든다. 맵다.
퍽! "여섯!" 퍽! "일곱!" …….
엉덩이에서는 감각이 느껴지지 않는다. 무의식적으로 숫자만

세고 있다. 열을 세고는 그대로 바닥에 널브러졌다. 다시 온몸으로 물이 쏟아진다. 후들거리는 몸을 일으켜 간신히 부동자세를 취했다.

주위는 고요하다. 철문을 열고 들어설 때의 괴성들은 온데간데없고 사방은 쥐죽은 듯 적막하다. 차라리 아까의 소리라도 났으면 낫겠다.

헌병이 수건을 건네준다.

"몸 닦어 이 새끼야."

몸을 닦고 차렷자세를 취했다. 엉덩이가 쓰려온다. 하지만 돌아다볼 수가 없다. 어금니를 악문다.

"5678호수!"

"예! 5678호수!"

"이제부터 내가 5678호수라고 부르면, 예! 5678호수 김해진이라고 복명복창 한다, 알았나?"

"예! 5678호수 김해진!"

"여기 왜 왔다고 했지?"

"예! 5678호수 김해진! 잘 모르겠습니다!"

그렇게 맞았지만 나는 정말 그 이유를 모르고 있었다.

"이 새끼가 아직도 정신을 못 차렸구만. 왜 왔다고?"

"예! 5678호수 김해진! 진짜로, 잘, 모르겠습니다!"

"그래, 이 새끼야. 여기 왜 왔는지 다섯 대 더 맞고 알려주마. 엎드려뻗쳐!"

나는 재빨리 엎드려뻗쳤다.

"잘 세어."

"예! 알겠습니다. 하나! 둘! 셋!"

"움직이지마 이 새끼야. 허리 뿌러지면 너만 손해야."

"넷! 다섯!"

"일어섯!"

후다닥 일어나 부동자세를 취했다.

"열중쉬어, 차려! 열! 차! 열! 차!"

"5678호수!"

"예! 5678호수 김해진!"

"니 죄명이 뭐야?"

"밖에서 민간인을 만난 것입니다."

아무리 생각해도 그것밖에 없었다. 조사관이 '최진석'이란 이름만 들이댔으니 그것이 내가 끌려온 이유일 것이었다. 어림짐작해 그렇게 대답했는데 그런데 그게 맞아떨어졌다.

"이제 바로 대답하는군. 그게 바로 군무 이탈이야 이 새끼야. 누가 너한테 군대생활하랬지 민간인이랑 놀랬어!"

"잘못했습니다! 시정하겠습니다!"

"그래 이 씹새끼야, 시정 잘 해!"

그러고는 나는 3호방으로 넣어졌다.

타원형의 방에는 열서넛의 죄수들이 바른자세로 앉아 있다. 그들은 그 자세로 내가 입창식을 치르는 모습을 지켜보고 있었다.

나는 바짝 쫀 채로 입구에 서 있었다.

"야, 이 새끼야, 저쪽으로 안 가!"

누군가 목덜미를 내리친다. 나는 안쪽으로 거꾸러졌다. 내 영창 생활은 그렇게 시작되었다.

학교생활과 군대생활에 길들여져 있었지만 영창은 전혀 다른 세계였다. 모르긴 몰라도 사회에서 가장 열악한 곳이 아닐까 싶었다. 그것은 의식주의 측면에서도 그랬고 사람을 대하는 태도에서도 그랬다. 옷이야 그렇다 쳐도 먹는 것은 형편없었다. 군대는 그래도 일식삼찬―食三饌이라며 밥과 국과 김치에 다른 한 가지가 끼었는데, 감옥은 밥 한 공기에 멀건 국물, 그리고 깍두기와 단무지가 식사의 전부였다. 그것마저도 간신히 허기나 때울 정도의 적은 양이었다. 먹은 것은 없지만 오줌과 똥은 나오는 것이어서 화장실은 가야 했다. 군대도 훈련소나 푸세식이지 일반부대는 숙소가 새로 지어져 다 수세식으로 개조되어 있었다. 그런데 영창의 화장실은 시골의 통시보다 더했다. 뒤쪽에 조그만 구멍이 나 있는데 그곳이 화장실인 '뺑끼통'이었다. 벽이 허리만큼만밖에 안 돼 이쪽과 저쪽이 터져 있다. 앉으면 안 보이지만 일어서면 상체가 다 드러난다. 아침이면 등 뒤로 푸드득 푸드득 똥 싸는 소리가 들렸고, 이 방 저 방에서 풍겨 나온 똥냄새로 영창 안은 구덕을 헤집은 듯했다. 그런 화장실도 고참 순으로 이용해야 했다. 먹고 싸고 자는 걸 다 한 공간에서 해결하는 곳이 바로 군대 영창이었다.

학교와 군대에서 구타를 당해봤지만 영창은 그것들과 사뭇 차원이 달랐다. 그래도 학교나 군대에서는 어디가 부러지거나 사람이 죽을 정도까지는 아니었는데, 영창은 부러지거나 죽어도 상관없는 것처럼 사람을 팼다. 대표적인 게 '참새붙어'였다. 점호시간에 번호가 늦거나 명상시간에 졸거나 하면 당직 헌병이 바로 '참새붙어'를 시켰다. 두 손과 두 발로 쇠창살에 달라붙는 기합이었다. 죽을힘을 다해보는 것이지만, 세로로 된 창살에 발을 붙인 채 버티는 것은 인간의 한계를 넘어서는 일이었다. 얼마를 버티던 죄수는 끝내 바닥에 떨어지고 만다. "개새끼, 안 올라가!" 하는 소리가 튀어나오고 죄수는 다시 죽어라고 창살에 매달린다. 그 순간 야구방망이가 손가락을 내리친다. 죄수는 비명을 지르며 그대로 바닥으로 떨어져 내린다. 아무래도 손가락이 부러졌지 싶다. 하지만 "이 개새끼, 안 올라가!" 하는 소리에 죄수는 피범벅인 손으로 창살에 달라붙는다. 어디가 부러져도 사람이 죽어나가도 아무렇지 않은 곳이 군대의 감옥이었다.

하루종일 하는 것이라고는 '군대복무규율'이나 '군인수칙', 그리고 '육군규정'이나 '직속상관 이름'이나 성경구절을 외우는 것이었다. 잘 외우면 통과지만 그렇지 못하면 기합과 구타가 이어졌다. 그것이 30일간의 영창생활이었다.

원대복귀는 불가했으므로 영창에서 나와서는 춘천으로 부대를 옮기게 됐다. 전화위복이었다. 최악의 곳인 '매봉'에서 도시 가까이 나왔으니 영창이 나를 더 나은 곳으로 보내준 셈이었다. 근무지가 바뀌었지만 업무적으로 달라진 건 없었다. 출근해서 장비

점검하고, 고장 나면 고치고, 특별한 게 없으면 대기하는 게 일과였다. 하지만 다른 것들은 많이 바뀌어 있었다. 우선 내 마음상태가 그전과는 달라져 있었다. 감옥에 갔다 왔다는 것, 거기서 인간 이하의 취급을 당했다는 것이 어떤 열패감을 갖게 했다. 내가 가장 하급한 수준의 인간이 돼버렸다는 느낌이 드는 것이다. 그런 감정은 주변 사람들 때문에 더 심화돼 갔다. 사람들이 나를 보면 슬슬 피하는 것이다. 나는 그 이유를 알고 있었으므로 사람들과 가까워지려는 노력을 하지 않았다. 출근하면 나에게 맡겨진 일을 하며 그냥 혼자서 지냈다.

  부대를 옮기고 한 달쯤 있다 짐을 가지러 저쪽 부대의 내 자취방으로 갔다. 방은 자물쇠가 채워져 있었다. 주인은, 사복을 입은 둘이 방을 뒤지고 갔다 했다. 그간의 사정 이야기를 하고 방문을 열어 달라 했다. 방은 이리저리 어지럽혀져 있다. 방바닥엔 발자국의 흔적도 남아 있다. 있는 거라고는 소설책 몇 권과 옷가지 몇 가지들이니 특별한 건 찾지 못했을 것이었다. 주인이 안 보는 것을 확인하고는 윗목의 장판을 들추었다. 다행히 필사시집은 그대로 있었다. 그것을 얼른 가방에 넣었다. 그리고 아끼는 책 몇 권과 일기장을 챙기고는 주인에게 인사를 했다. 터덜거리며 길을 나오다, 옛 부대와 녹색대문 집을 가볼까도 생각했지만 그냥 가기로 했다. 그건 나에게서 떠나버린 옛날의 시간이었다. 이제 내것이 아닌 것이다. 나는 오른쪽으로 발길을 틀었다. 이년 전에 트럭을 타고 캄캄한 심정으로 들어갔던 길을, 나는 여전히 캄캄한 마음으로 걸어 나왔다.

 동기들은 60개월의 의무복무 기간을 채우고 제대를 했다. 그들 중 얼마간은 군대에 '말뚝을 박으려고' 장기복무신청을 했다. 나는 영창생활이 있었으므로 1개월을 더 복무해야 했다. 제대를 앞두고 있을 때, 부대장이 진급을 약속하며 장기복무신청을 권했다. 동기들은 다 중사로 진급했는데 나만 하사를 달고 있었다. 나는 일언지하에 거절했다. 평생을 군복을 입고 살 수는 없었다. 내 인생을 그렇게는 안 흘려보내고 싶었다. 제대 신청을 하고도 못 나가면 어쩌나 하는 생각이 들었다. 영창에 갔던 게 계속해서 마음에 걸렸다. 그런데 다행히 3월말 부로 제대하라는 명령이 내려왔다. 꼬랑지로 붙은 한 달이 마치 십년만 같았다.
 전역신고를 하고 부대정문을 나섰다. 드디어 나는 자유의 몸이 되었다. 머리를 길러도 되고 밀어도 되고, 점퍼의 섶을 열어도 되고 여며도 되고, 운동화를 제대로 신어도 되고 뒤축을 꿇게 신어도 되고, 가래침을 삼켜도 되고 뱉어도 되고, 여기 있어도 되고 저기 있어도 되고, 나는 이제 내 의지대로 해도 되는 존재인 것이다. 고교 3년을 더하면 8년 만의 자유였다. 8년의 집단생활 뒤에 나는 마음대로를 얻은 것이다. 오직 한 가지로만 통일된 제복의 세계에서 꼴리는 대로의 사복의 사회로 편입된 것이다. 나는 폐부 깊숙이 자유의 공기를 호흡했다. 그리고 하늘을 향해 고개를 들었다. 철조망에 갇혀 있던 푸른 하늘이 나를 따라나와 저 위에 있다. 서너 모금을 더 호흡했다. 그러고 있는데 불현듯 뒤통수에 어떤 눈길이 느껴졌다. 무언가가 나를 쳐다보고 있는 듯한 기분이다. 뒤를 돌아보았다. 저만치 철조망 안에 내가 두고 온 청춘이 처량한 눈으로 나를 바라보고 있다. 내 청춘의 5년이 마치 옷걸이에서 떨어져 내린 낡은 옷처럼, 뱀이 벗어놓은 후줄근한 허물처럼 저기에 널브러져 있는 것이다. 분명히 내것이었었음에도, 아까전에 내가 벗어버렸었음에도 이상하게 내것 같은 생각이 안 들었다. 간밤에 같이 잔 늙은 창녀의 맨얼굴을 본 듯 어서 저것으로부터 멀어졌으면 싶은 것이다. 돌아서서 걸음을 떼려는데 갑자기 설움이 북받쳐 올랐다. 저 안에서의 세월이 눈물겨웠다. 저기 껍데기로 남겨진 내 청춘이 가여웠다. 주인을 잃어버린 저 시간들이 애드러웠다. 어쩌면 그것은 지나가버린 것에 대한 것이 아니라 현재의 것에 대한 감정인지도 몰랐다. 오월의 들판처럼 푸르러야 할 스물다섯의 청춘인데, 그 들판을 갈고다닐 어석소처럼 힘차야 할 시절인데, 그런데 주름 가득한 늙은 군인인 것 같은 내 자신에 대한 서글픔 같은 것 말이다.

  나는 몸을 돌려 철조망 가까이 다가갔다. 그리고 바지지퍼를 내렸다.

  잘 있거라 푸른 제복아, 군인의 날들아! 고뇌의 날들도, 한숨의 날들도, 울음의 날들도, 절망의 날들도, 내것이었던 모든 것들아 다들 잘 있거라. 어두웠던 내, 청춘의 시간들아.

  철조망에 길게 오줌을 갈기며 나는 제복의 시간들과 작별했다.

고향에도 안 내려가고 나는 바로 서울로 향했다. 이제 군복을 벗었으니 새롭게 인생을 시작해보고 싶었다. 할 수 있을지 모르지만 그래도 마음속에 꿈으로 있는 그것을 한 번은 시도라도 해봐야 할 것 같았다. 중학교 졸업 후 나는 공부와는 전혀 무관하게 살았다. 공부다운 공부는 중3때 고등학교 준비하느라 잠깐 해본 게 전부였다. 고등학교와 군대에서 어찌 짬을 내 '수학 정석'과 '성문 영어'를 본다고는 했지만 항상 앞쪽 열댓 페이지가 전부였다. 거기까지가 내가 혼자서 밀고 갈 수 있는 능력의 한계치였다. '자지自知는 만지晩知고 보지補知는 조지早知'라는데, 나는 '보지補知'는 할 수 있는 상황이 안됐고 '자지自知'는 하려 했으나 끈기가 부족했다. 그래서 이제 '보지補知'를 할 수 있는 곳으로 가려는 것이었다.

대학입시라는 게 얼마큼의 노력과 실력을 요구하는지는 몰라도 나는 나름대로 자신이 있었다. 중학교 때 어슷했던 친구들이 그래도 지방 국립대는 갔는데, 하물며 뒤에서 빌빌대던 녀석들도 대학생이네 하며 젠체하는데 나라고 못 가겠느냐 싶었다. 그깟것을 무슨 삼 년씩이나 준비해야, 열 달이면 충분하고 두어 달은 남아서 놀겠구만. 우리나라 최고의 대학은 몰라도 그 아래 정도는 시삐 보였다.

하지만 그것은 자기 자신은 모른 채 남의 성취는 우습게 보는 풋내 나는 어정뜨기의 판단이었다. 밖의 세계뿐 아니라 자신에 대해서도 전혀 파악을 못한 우물 안 눈 나쁜 개구리의 근거 없는 자신감이었다. 사실 그때의 나는, 대패질과 줄질과 납땜질로 채

위진 공고 삼년과, 술과 담배와 당구에 절어버린 오년의 하사관 생활로 입시 같은 것과는 많이 멀어져 있었다. 열심히 하면 전교 이삼 등을 하고 게으름을 좀 피우면 사오 등을 하던 중학교 때의 내가 아니라, 대학 준비와는 전혀 동떨어진 공고를 졸업하고, 깡통 계급장을 단 채 육십일개월을 군바리로 구른 뒤 이제 막 제복을 벗은 제대군인에 불과했다. 아직 군대물이 안 빠져 스포츠머리 같은 기백은 있지만, 그 위에 씌워진 알철모만큼이나 딴딴한 머리빡이기도 했다.

한 번에 끝내 버리려 했는데 보기 좋게 떨어졌다. 조금 당황은 됐지만 기가 꺾이지는 않았다. 기껏해야 일이 점 차이로 떨어졌을 거라며, 첫술이니까 간을 본 셈 치자고 스스로를 위로했다. 한 해만 더 정신 바짝 차리면 공부 좀 한다는 애들이 죽자사자 가려는 그런 대학 정도는 너끈할 것 같았다. 죽어라고 삼 년을 해도 갈까 말까 하는데, 그리고도 한두 해를 더 해도 될까 말까 하는데, 나는 달랑 이 년 만에 끝내는 것이니 얼마나 대단한 일인가. 그것도 공고 졸업 후 오년의 하사관생활까지 마친 후에 이루는 것이니 얼마나 장한 성취인가. 떨어진 주제에 마음은 만리장성을 쌓고 있었다.

다음번의 만리장성을 확신하며 다시 해보려는데 이제 돈이 없었다. 쥐꼬리만큼 부었던 적금은 군대 있을 때 술값으로 먹어버렸고, 제대할 때 받은 얼마 안되는 퇴직금은 일 년 사이에 헤실바실 없어지고 없었다. 간 한 번 보기 위해 가지고 있던 것을 다 쏟은 셈이었다. 의지가지없는 서울에서의 재수생활이 밑 빠진 독에 물 붓기란 걸 모르고 덤빈 결과였다. 부어주는 것은 없는데 밑까지 텅 빠져 있으니 몇 조금[18] 안 가 바닥이 드러날 건 뻔한 이치였다. 독서실 한 칸을 빌려 바닥에서 옹크려 자고, 학원 앞에서 사먹는 짬밥 같은 한 끼를 하루 식사량으로 치며, 배가 고프면 수돗물을 벌컥여 속을 채우다, 정 건디기 힘들면 미숫가루 한 숟갈로 허기를 달랬는데도 그랬다. 일 년을 어찌저찌 버틴 게 용할 정도였다. 아무리 눈을 씻고 들여다보아도 독에는 땡전 한 푼이 안 남았고, 그래도 혹시나 하고 쓸고 쓸어보아도 손바닥에 묻어나는 건 뿌연 먼지밖이었다. 그렇다고 짐을 싸 고향으로 내려갈 수도, 형편을 빤히 알면서 부모님께 손을 벌릴 수도 없었다. 군대 있을 때 술값을 좀 아낄 걸 하는 후회가 들기도 했다. 하지만 후회는 항상 너무 늦게만 찾아오는, 그래서 결국 빈정만 상하게 하는 맞갖잖은 손님이었다.

대학시험에 떨어진 데다 빈털터리이기까지한 세상은 막막하기만 했다. 하룻밤을 묵을 곳도 한 끼를 때울 것도 변변치 못했다. 더구나 내가 서 있는 곳은 '특별시'라는 곳이었다. 가진 것 없는 자에게 그 도시는 얼마나 냉혹하던가. 누군가 선 채로 얼어 죽어도, 얼어 죽은 시신이 말뚝처럼 길가에 서 있어도 흘낏 쳐다만 보고 가는 게 그 도시 아니던가. 거기에다 겨울이었다. 불 꺼진 냉골에

---

18) ① 물때가 한 바퀴 도는 기간 ② 얼마간의 기간

밤새도록 옹크러도, 이빨을 맞부딪치며 긴 밤을 덜덜 떨어도, 그래도 저는 저대로의 길을 가는 게 겨울이라는 계절의 행티였다. 그런데 나는 홑옷인 채로 그 도시의 그 계절 한복판에 서게 되었다. 벌거벗은 몸뚱이로 눈보라치는 겨울 들판에 선 꼴이었다. 당장에 먹고살 돈이 필요했지만 아직 공부를 포기한 건 아니니 직장 알아볼 생각은 안했다. 한번 해보고 나니까 한번만 더 하면 확실히 뭔가 될 것 같은 가능성이 보이는 것이다. 그래서 죽이 되든 밥이 되든 한번만 더 해보기로 했다. 최악의 상황이야 죽기밖에 더하랴. 얼어 죽든 굶어 죽든 끝까지 개겨 보는 거다. 영창도 갔다 왔는데 그보다 더할 게 뭐 있으랴. 그런 마음으로 이리저리 떠돌다 어찌어찌 구해진 게 화훼단지 비닐하우스였다. 먹여주고 재워주고 월급까지 몇 푼 준다는 조건이었다. 행여, 하고 안을 들여다보다 독에 처박힌 쥐에게 하늘에서 동아줄이 내려온 느낌이었다.

낮에는 이 화원 저 화원에서 품을 팔고 저녁에는 학원으로 향했다. 판교에서 노량진까지 왕복 네 시간을 이를 악물고 다녔다. 버스에서는 손잡이를 잡은 채 꾸벅거리고, 학원에서는 허벅지를 꼬집어가며 졸음을 쫓았다. 벼랑 끝에 선 자의 그악스런 발악이었다. 한번만이라고, 꼭 한번만이라고, 이것이 마지막이라고, 그러니 목숨을 걸어야 한다고, 다짐하고 또 다짐했다. 이번에도 실패하면 아예 인생을 접어버리겠다는 막가는 생각도 했다. 이깟것 하나 못해내는 인간이 살아가며 무엇을 이룰 수 있겠으며, 이런것 하나 못 넘는 존재가 다가올 인생의 파도는 또 어찌 넘겠는가. 그런 인간은 일찌감치 꺼져주는 게 나았다. 나름대로 당찬 각오였다. 낮의 노동에 밤의 공부는, 오른손의 괭이질과 왼손의 삽질을 동시에 하는 것처럼이나 힘에 부쳤지만, 그러나 나는 자신이 있었다. 그래도 옛날에 공부 좀 한다고 소문난 놈 아니던가. 사람 될 거라며 마을 어른들이 입을 모았던 튼실한 떡잎 아니었냐 말이다. 그런가위에 나는, 어린 나이에 입대해 오 년을 하사관으로 살아, 안되는 것도 되게 한다는 군인 정신까지 갖추고 있었다. 더더욱이나 나는, 세상에서 가장 독하다는 군대의 영창에까지 갖다온 놈 아니던가. 손에 쥐고 있는 것은 없어도 마음만은 기고만장이었다.

하지만 그것은 이불속에서의 활갯짓이고 내 안에서의 기고만장이었다. 현재의 나와 기대치로서의 나는, 실제의 나와 그렇게 믿고 싶은 나는, 사실은 발치와 꼭지만큼이나 차이가 났던 듯하다. 삽질과 괭이질을 동시에 할 수 있다고 자신했지만 현실의 나는 어느 한 가지도 제대로 못했던 모양이다. 마음으로만 목숨을 걸었지 몸으로는 목숨을 안 걸었던갑다. 할수있다고만 생각했지 실제로는 안했던 것 탁다. 스스로는 대단한 존재라고 생각했지만 사실로서의 나는 윤똑똑이에 불과했던 것 같다. 그래서 또 떨어졌다. 만리장성은커녕 두어 발 되는 담벼락도 제대로 못 쌓은 것이다. 그것이 나의 정확한 현주소였다.

내가 진정으로 용기가 있고 진짜로 될 성 부른 떡잎이었다면 쓰러진 지점에서 다시 땅을 짚고 일어나 새로 싹을 틔웠어야 했다.

나의 부족한 능력을 선선히 인정하고 나에게 맞는 길을 모색했어야 했다. 하지만 나는 그런 깜냥이 못되는 존재였다. 될 성 부른 떡잎이 아니라 애당초 쭉정이로 만들어진 종자였다. 과장되게 자신을 절망함으로써 스스로를 헤어나기 어려운 지경에 빠뜨리는 족속이자, 세상의 절망이란 절망은 다 짊어진 듯 잔뜩 폼은 잡지만 실은 제 일인분의 절망조차도 제대로 책임 못지는 유약한 인간이었다. 인생의 어느 한 지점에서 성장이 멈춰버려 그 후로는 일 센티도 못 큰, 삶의 어느 지점에서 정지해버려 한 발짝도 앞으로 못 나간, 정신의 난장이이자 인생의 앉은뱅이였다. 그런 인간이었으니 절망의 현실을 딛고 일어나 다시 괭이질을 할 마음을 먹을 리 없었다. 그 자리에 주저앉아 그저 절망만 곱씹을 따름이었다.

그때 다시 찾아온 게 술이었다. 두어 해 전까지만 해도 둘은 얼마나 친한 사이였던가. 공부한다는 명목으로 잠시 소원했었던 둘은 군대 있을 때의 관계를 회복한 듯했다. 녀석은 나를 적시고 나는 녀석에게 젖었다. 서로가 젖고 서로를 적셨다. 하루도 마시고 이틀도 마시고, 어떤 때는 연짱 사흘을 마시기도 했다. 안주는 그냥 사이다였다. 까짓것, 될 대로 되라였다. 그렇게 취할 대로 취한 채로, 비틀거리는 걸음은 의식의 통제를 벗어나 승미에게로 향했다.

소식이 끊겨 잊혀졌던 승미를 다시 만난 건 정말 우연이었다. 세상에는 그런 기가 막힌 우연도 있는 모양이었다. 아니, 우연이라는 말로는 도저히 설명이 안되므로 필연이라고 하는 게 맞겠다. 없었어야 더 좋았을 수 있는 그런 필연 말이다.

수업을 들으러 계단을 올라가고 있었다. 그러니까 내가 한 번의 대학입시 실패 뒤에 다시 도전해보고 있던 때였다. 수업이 끝난 애들이 위쪽에서 내려오고 있어 3층과 4층의 계단 중간에 비켜서 있었다. 벽으로 눈을 돌리고 있다가 무심결에 위쪽을 쳐다보게 됐다. 말 그대로 그냥 무심중이었다. 그런데 순간, 위에서 내려다보는 어떤 강한 눈빛과 마주쳤다. 두 개의 광선이 어둠의 허공에서 맞부딪는 느낌이었다. 둘의 입은 동시에 쩍 벌어졌다. 그런 채로 위에서는 내려오고 아래쪽에서는 쳐다보고 있었다. 두어 칸 위까지 내려온 여자는 나에게서 눈을 돌리고는 그대로 지나쳐간다. 얼굴에는 당황한 기색이 역력하다. 나는 수업을 포기하고 그 눈빛을 따라 계단을 돌아내렸다.

여자는 급한 걸음으로 계단을 내려간다. 나도 걸음을 빨리해 뒤를 따랐다. 그런데 여자의 뒷모습이 좀 이상하다. 어깨가 왼쪽으로 많이 기울어 있다. 그래서인지 걸음걸이도 갸뚱겨뚱 좀 불편해 보인다. 아닌가. 잘못 본 건가. 그러면서도 걸음을 재촉했다. 건물 밖으로 나간 여자가 힐끗 뒤를 돌아본다. 내가 따라오는 걸 눈치챘는지 걸음을 빨리한다. 나는 잰걸음으로 여자를 따라잡았다.

"저기요, 잠깐만요."

여자가 흘낏 돌아보더니 다시 발을 떼려 한다. 나는 얼른 여자의 오른 어깨를 잡았다.

"잠깐 저 좀 보실까요?"

여자는 애써 외면하며 길을 가려 한다. 나는 재빨리 여자의 앞을 가로막았다.

"저기요, 혹시, 이승미 씨 아닙니까?"

대답을 않은 채 여자는 저쪽으로 고개를 돌린다.

"맞지? 너 승미지?"

나는 여자가 승미라는 걸 확신했다.

"맞네! 승미네!"

사람들이 힐끗거리며 우리를 지나쳐간다.

"야, 이러지 말고 어디 좀 들어가자."

승미를 데리고 다방으로 들어갔다.

"야! 진짜 오랜만이다야!"

악수를 하려고 손을 내밀어도 건너편의 승미는 애써 시선을 피한다. 그러면서 몸을 자꾸 왼쪽으로 튼다. 왼 어깨를 감추려는 몸짓 같다.

"그렇게 찾을래도 못 찾겠든만 여기서 보네라."

나는 몹시 흥분한 상태다. 그리도 찾으려던 승미를 학원의 계단에서 이렇게 스치면서 만나다니. 살다가 이런 일도 다 있구나.

"지금 어디 사냐? 뭐하고 사냐?"

나는 호들갑을 떨지만 승미는 주위만 슬쩍슬쩍 둘러볼 뿐이다. 그러다가,

"오랜만이네. 제대했구나."

하고 처음으로 한마디를 한다.

"그동안 어찌 살았냐? 집에 가봐도 모른다 그러고, 친구들도 네 소식 모르고."

커피 잔을 들며 물었다.

"그렇게 됐어. 소식 끊고 살았으니까."

승미도 커피 잔을 든다. 순간적으로 얼굴에 쓸쓸한 표정이 지나간다.

"나 바빠서 얼른 가봐야 해."

몇 마디도 안했는데 승미는 가방을 멘다.

"자, 잠깐만."

연락처를 물어 적었다. 내 연락처도 적어 주었다. 그렇게 해서 승미와 나는 다시 만나게 되었다. 소식이 끊어진 지 실로 육년 만이었다.

연락이 닿게 된 우리는 가끔씩 얼굴을 보았다. 학원 앞 다방에서 커피 한잔 마시는 정도였다. 나는 나대로 입시준비를 해야 했고, 승미는 승미대로 공무원 시험 대비에 바빴다. 그러다가 내가 대학에 떨어지고 승미의 자취방에 가는 일이 잦아졌다. 승미도 시험에 떨어졌다 했다. 우선은 돈을 모아야겠다며 부지런히 일을 다녔다.

자취방에 갈 때마다 소주 두어 병을 사갔다. 내가 마시려는 것이었지만 심심할 때면 승미도 한두 잔 거들었다. 옛날에 얼굴을 찡그리며 맥주를 마시던 때보다는 승미도 술이 좀 늘어 있었다.

끽해야 소주 두어 잔이었지만 그래도 는 것은 는 것이었다.

 술잔을 놓고 마주앉아도 우리는 이제 '별'과 '꿈'에 대한 얘기는 안했다. 그저 묵묵히 술잔을 들이켜거나 라디오를 들으며 저저금 의것을 홀짝일 뿐이었다. 그것이 단지 우리들이 먹어버린 나이 탓만은 아니었다. 두 단어지만 하나의 사물인 그것이 우리에게서 멀어져버려서인 것 같았다. 두 사람 속에는 더 이상 꿈이나 별 같은 것이 없는 듯 보였다. 어쩌면 승미는 몸이 한쪽으로 기울게 된 순간 그것을 잃어버렸는지 모르겠다. 동생은 죽고 한 사람은 불구가 됐는데 무슨 염치로 별과 꿈 저희들만 멀쩡히 살아 있겠는가.

 서너 잔에 취하면 승미는 서럽게 울었다. 술상 앞에 앉아 기울어진 어깨인 채 하염없이 흐느꼈다. 소리가 밖으로 흘러나오지 않게 속으로 속으로 느껴 울었다. 어찌나 서럽게 우는지 달랠 수도 없었다. 창자 저 깊숙한 곳에서 흘러나오는 듯한 그 울음에, 왜 우냐고, 왜 그렇게 서럽게 우느냐고 물을 수가 없었다. 안에 고여 있는 울음이 다 흘러가기만을 기다리는 수밖에 없었다. 그렇게 얼마를 울고 나면 승미는 맥이 다 빠져버린 몸뚱이를 나에게 부렸다. 짚뭇처럼 가벼운 그 몸이 잠이 들 때까지 나는 승미를 무릎에 누인 채 가만히 있어야 했다.

 승미와 나는 그 방에서 가끔씩 몸을 나누었다. 술에 취한 경우도 있었고 그렇지 않은 경우도 있었다. 적극적이지는 않았지만 승미도 강하게 거부하지는 않았다. 그런데 몸을 나눌 때 조심해야 할 게 있었다. 승미의 상체였다. 그곳은 절대 손을 대서는 안

됐다. 이불속에 들어 윗도리를 벗기려는데 승미가 파르르 성질을 내며 일어나 앉았다. 무슨 일인가 싶어 멍하니 올려다보는데, 승미가 저쪽으로 돌아앉아서는 몹시도 흐느껴 운다. 영문을 몰라 승미의 뒷모습만 바라보고 있었다. 그러다가 아차, 싶었다. 그거였다. 부서진 왼 어깨였다.
"미안하다. 내가 잘 몰랐다야."
승미의 오른 어깨를 다독였다.
"내가 잘못했다."
승미를 안아 옆에 누였다.
그 후로 몸을 나눌 때는 윗도리에는 손을 안 댔다. 승미와 나는 입을 맞추고 하체를 나누는 것만으로 몸을 했다.
부수어진 그 몸을 본 것과, 정말 그래서는 안되지만 이상하게 승미에 대한 마음이 달라지기 시작한 것은 어쩌면 동시였는지 모르겠다. 일부러 보려고 그런 건 아니었다. 나는 이불을 덮은 채 누워 있었고 승미는 부엌에서 몸을 씻고 들어온 참이었다. 승미는 몸이 노출되는 걸 극도로 꺼렸으므로 방의 불은 꺼진 상태였다. 무심코 실눈을 떴다. 뭘 보겠다는 게 아니고 그냥 눈이 떠진 것이었다. 승미가 물을 훔치며 방 안으로 들어섰다. 팬티는 입었는데 윗도리는 안 입었다. 옷은커녕 브래지어도 안 해 상체를 그대로 드러내고 있다. 생전 없던 그런 모습으로 승미가 방으로 들어온 것이다. 내가 자고 있다고 생각한 모양이었다. 우연히 그리 된 건지 일부러 그랬는지는 몰라도 부엌문이 빼꼼이 열려 있어 우려든

불빛이 승미를 비추고 있다.

 승미의 몸은 마치 커다란 쇠추를 매단 것처럼 왼쪽으로 심하게 기울어 있다. 왼쪽 쇄골이 없으니 왼쪽 어깨가 없다. 그러니 거기 있어야 할 젖가슴도 뭉개지고 없다. 왼쪽은 쪼그라들어 없고 오른쪽 유방만 봉긋이 솟은 기형의 젖가슴이다. 목 부위에서 아래쪽으로는 길게 꿰맨 자국이 그어져 있다.

 아, 저렇게 깨어졌구나. 저렇게 망가졌구나. 저리토록 형편없이 부숴졌구나.

 승미는 그런 몸으로 이쪽을 향해 서 있다. 마치 나에게 보라는 듯, 내가 어떤 몸으로 세상을 살고 있는지 보여주겠다는 듯 불빛 아래 서 있다. 옷을 안 입고 방으로 들어온 것이나, 불빛이 비치고 있는데도 그렇게 서 있는 것이나가 전혀 안하던 행동이었다. 어쩌면 역부로 그렇게 불빛 아래 서 있었는지도 모르겠다.

 그런데 그 뒤의 감정이 몹시도 더러웠다. 망가진 몸을 보고 났으면 그에 대한 연민이 생겨야 하는데 그게 아닌 것이다. 그것을 안 봤을 때는 아무렇지 않았는데 막상 보고 나니 흉측스레 부서진 그 형상만 머리에 떠올라졌다. 그전까지 있었던 승미의 다른 이미지는 다 사그라지고 불빛 아래 서 있던 승미의 그 찌그러진 몸만 눈앞에 아른대는 것이다. 승미를 떠올릴 적마다 다른 것은 모두 밑에 깔려버리고, 뭉개진 어깨와 쪼그라든 가슴, 그리고 사선으로 그어진 바늘자국만 눈에 아른대는 것이다. 그러고는 절래절래 고개를 흔드는 것이다. 그래서는 안된다고, 그것은 사람이 가져서는 안되는 태도라고 생각은 하는데도 또 그게 마음대로 안되는 것이다. 뭔가 징그럽고 흉측한 것을 봐버린 듯한, 보아서는 안되는 것을 보아버린 듯한 기분이 들면서 대상에 대해 정나미가 떨어지는 것이다. 그러니 승미를 떠나야겠다는 생각은 그때부터 했었는지 모르겠다. 나중에 생겨난 일은 떠나려는 등을 떠민 것에 불과했는지도. 떠미는 힘이 없었으면 좀더 시간을 끌 수도 있었겠지만 일은 결국 그렇게 마무리되었을 것이다.

승미의 부서진 몸을 본 뒤에도 취한 발길은 늦은밤의 산동네를 몇 번 더 허청거렸다. 비닐하우스를 나서면 갈 곳이라고는 딱히 거기밖에 없었다. 승미는 싫은 내색 없이 나를 맞아 주었다. 소주 두어 병에 취해 잠이 들었다가 다음날 느지막이 일어난다. 승미는 일을 나가고 없다. 차려 놓은 밥을 먹고는, 이리 누웠다 저리 뒤끼며 방구석을 뒹군다. 한심스럽기 짝이 없는 인생이다. 학교를 다니는 것도 직장을 나가는 것도 아니고, 이것저것 아무것도 아닌 '잉여인간'만 같다. 삶이 참 더럽게 흘러가고 있다는 생각밖에 안든다. 제대만 하면 세상을 내 마음대로 살 수 있을 것 같았는데, 세상에만 나가면 내가 마음먹었던 것들을 일사천리로 할 수 있을 것 같았는데, 그래서는 세상의 꼭대기를 향해 질주할 것만 같았는데, 그런데 외려 군대 있을 때보다 더 한심스레 살고 있는 것이다. 우울한 마음은 아침부터 소주잔을 기울이기도 했다. 그때마다 이상하게 '요오조오'가 머리를 스쳐갔다. 그 주인공처럼 술과 담배에 빠졌다가, 여자와 자살을 시도했다가, 알코올과 약물에 중독되었다가, 정신병원에 갇히기도 했다가, 마침내 스스로를 '이미 나는 완전히 인간 아닌 것이 되었습니다'라고 진단하는 '인간 실격'이 되는 것은 아닌가 생각되는 것이다. 주인공처럼 자살을 시도하지도, 알코올이나 약물에 중독되지도, 여자들과 복잡하게 얽혀 있지도 않다는 데에 위안을 삼기는 하지만, 그런데 이상하게 그의 이미지가 자꾸만 머리에 떠올라지는 것이다. 거기에다가 폐결핵을 앓다 끝내 스스로 목숨을 끊었다는 작가의 퀭한 모습도 머릿속을 맴돌았다. 왠지 내가 그와 비슷한 길을 걸어갈 것 같은 예감이 드는 것이다. 물론 나는 죽음을 두려워하고 있으니 자살을 시도하는 일은 없을 것이다. 언젠가 죽기는 하겠지만 그런 식으로는 안 죽을 것이다. 그래도 모를 일이었다. 미래의 생을 누가 짐작할 수 있겠는가. 지금은 그렇지 않겠다고 다짐하지만 먼 훗날에까지 그 마음이 지속될지 어찌 알겠는가. 더군다나 죽음의 일을 누가 가히 예견할 수 있겠는가.

그런저런 잡념들로 엎치락뒤치락하다가 비키니 옷장 밑으로 눈이 갔다. 노트 한 권이 보여서였다. 승미가 아무렇게나 밀어놓고 나간 듯했다. 심심한 마음에 당겨내 보았다. 꼭 보겠다는 생각보다는 그냥 무료해서였다. 그런데 거기에 올가미 같은 낙서 넉 줄이 꿈틀대고 있었다.

     하느님, 흐흑,
     제발,

우리 아기를,
살려 주세요.

무언가 싶어 다시 들여다보았다.
우리 아기를, 살려 주세요.
다시 들여다보았다. 틀림없다. 옛날에 나에게 오던 편지의 글씨가 맞다. 그 글씨가 지금, '우리 아기를, 살려 주세요'라고 쓰고 있다.
그래도 미심쩍었다. 다시 확인해 보았다. 맞다. 눈을 씻고 보아도 승미의 글씨가 맞다.
우리 아기를, 살려 주세요.
아귀 센 손아귀에 멱살이 잡힌 듯 숨이 콱, 막혀왔다.
옆방의 입 맞추는 소리까지 다 들리는 산동네의 후줄근한 자취방에서 두 청춘이 할 수 있는 것이라고는 별로 없었다. 절망인 듯 꿀꺽꿀꺽 소주잔을 기울이거나, 허기진 속이라 빨리 취하면 서로의 몸을 더듬었다. 가난은 하지만 젊어서 육체는 뜨거웠고, 가진 것 없는 두 청춘은 그것으로라도 현실을 견뎌야 했다. 현실이 캄캄해 더 뜨겁게 껴안았고, 삶이 버거워 더 깊숙이 들어갔다. 뜨거운 몸뚱어리는 추운 세상을 건딜 수 있는 두 청춘의 마지막 이불이었다. 사실은 그것이 절망을 덮어주는 이불이 아니라 서로를 질식시키는 비닐덮개였는데 말이다.
임신이 분명했다. 승미가 뜬금없이 '아기' 얘기를 할 까닭이 없었다. 덜컥 임신이 되자 승미가 안절부절못하고 있는 것이다. 틀림없다. 그렇게 서로를 안고 뒹굴다, 너에게 들어가고 너를 맞다가, 끝내 참을 수 없을 때쯤 서로의 쾌락을 배설하는 행위가 그런 결과를 낳을 수 있다고 생각 안한 건 아니다. 승미는 어깨가 망가졌지 자궁이 망가진 건 아니었기 때문이다. 그런데 문제는, 할 줄만 알았지 준비할 줄은 몰랐다는 것이다. 욕정을 풀 줄만 알았지 그것이 어떤 결과를 낳을 수 있고, 그러니 사전에 어떤 조치를 취해야 한다는 건 배우지 못한 것이다. 세상의 가는 곳마다에서 '하는것'은 드라마처럼 잘도 보여줬지만, 우리들이 지나온 어느 교실에서도 '하는것'에 대한 '준비'는 안 가르쳐 주었다. 무조건 '하기만 하고' 나몰라라 돌아서는 것, 그것이 내가 자란 나라의 성性에 대한 교육이었다.

　학교에서 배운 것이 없으니 자라면서 본 대로 행동하게 되었다. '본 대로'에 의하면 모든 것은 여자의 몫이었다. 준비도 뒤처리도 모두 여자의 일이었다. 남자는 욕정을 풀기만 하면 됐고 나머지는 다 여자가 알아서 하는 것이었다. 그것이 내가 자란 동네의, 그리고 내가 배운 나라의 여자와 남자의 층위였다. 나는 그 속에서 자래워졌고 지금도 그 안에서 살고 있으니 그렇게 할 수밖에 없었다. 아니, 그렇게 배웠다고 믿고 싶었고, 그러니 그리 해야 한다고 생각하고 싶었고, 그러니 그렇게 해야 했다. 그것이 내가 수렁을 빠져나갈 수 있는 방법이었다.

　물론 보아 온 대로 한다고 문제가 해결되는 건 아니었다. 눈앞에는 지금, 그리 생각하고 싶은 것과는 상관없이 그리 돼 있는 상황 하나가 번듯이 펼쳐져 있는 것이다. 뜬금없는 일 하나가 생겨나, 해결하라고, 해결해 달라고 틀물레짓을 하고 있는데, 그런데 골치 아픈 것은, 그리 돼 있는 상황을 만든 인간이 그것을 해결할 입장이 안된다는 것이었다. 그는 지금 제 일인분의 삶도 제대로 못 짊어진 채 당장의 끼니와 잠자리를 걱정하며 이리 비척 저리 비척 떠도는 하루살이 인생 아닌가. 도대체 자기 아닌 것을 거들어 줄 여력이 없는 것이다. 더군다나 그는 흉측스레 망가진 몸을 본 뒤 여자에 대한 정나미가 떨어져 있고, 그리고 도망칠 기회만 엿보고 있는 상황 아닌가. 울고 싶은데 제대로 뺨을 쳐준 격이었다.

 인천 행을 끊은 건 그 다음부터였다. 무책임한 짓이었지만 뒷일을 감당할 용기가 안 났다. 정말로 야비하고 파렴치한 짓인 줄은 알면서도 잔뜩 겁을 먹은 마음은 제 편한 쪽으로만 움직여 갔다. 나는 그날 옷장 밑에서 결코 노트를 꺼내본 적이 없다. 그러니 절대로 그 글을 봤을 턱이 없다. 나는 그냥 방에서 뒹굴다만 왔을 뿐이다. 그래서는 안된다고 생각은 하면서도 그때는 그랬다. 그 일은 나와 승미가 함께 만든 것이 아니라 승미 혼자서 저지른 일이라 여기고 싶었고, 못본대끼 함으로써, 그래서 모른대끼 함으로써 모든 책임을 여자에게 밀어버리려 했다. 그 가장 좋은 수는 승미에게의 발길을 끊는 것이었다. 승미가 옛날에 그랬듯 관계의 끈을 잘라버리는 것이었다. 승미는 기다렸겠지만 나는 가지 않았고, 오지 않는 나를 승미는 찾아 나설 수 없었으리라. 나는 시골집에도 연락을 끊은 채 서울의 어느 후미진 구석을 거지처럼 비칠 대고 있었으니까. 판교의 외떨어진 비닐하우스에서 청춘의 겨울을 굼벵이처럼 옹크리고 있었으니까. 나는 그리도 비열하고 졸렬하게, 그리고 야비하고 악랄하게, 승미로부터, 또 그 글씨들로부터 등을 돌리고 도망쳤다.

 서너 무리의 바람이 고랑을 타고 오른다. 바람에 실린 갯내음이 코끝을 스쳐간다. 바람은 들판을 지나 큰재 쪽으로 불어 간다.
 "이제 와서 그런 얘기 하면 뭐하겠는가? 다 지난 일인데."
 바람의 꼬리가 재를 넘어 간 뒤에야 여자의 대답이 흘러나온다. 아마 과거의 어디쯤을 톺았다 오는 모양이다.
 다시 허공을 둘러본다. 어둠속이라 보이지는 않지만 산들의 발치에는 사람의 집들이 자리하고 있다. 산자락에 꼬막껍데기마냥 옹크린 집들은 옹기종기 모여 동네를 이룬다. 동네 거개의 집들이 초가를 이고 있던 시절, 해거름이면 아낙들은 끼니를 마련하듯 등을 닦아 처마에 걸었다. 그리고 그 앞에서 손을 모았다. 가족들의 안녕과 행복이 비손이 되어 등의 불을 향했다. 등은 처마 밑에 문패처럼 걸려, 저기 툭 터진 동쪽의 바다가 희끗해오는 갓밝이까지 그니들의 소망을 거기에 켜 두었다. 여자와 내가 소년과 소녀로 가슴 설렜을 적에, 우리는 이곳에 앉아 저기 동네의 불빛을 바라보며, 서로를 지켜주는 등불이 되자고, 등불을 밝혀주는 서로이자고 새끼손가락을 걸어 약속했었다. 혹 그때의 불빛들이 있을까 싶어 사방을 둘러본다. 어디에도 등불 같은 것은 없다. 보이느니 깡깡한 어둠뿐이다. 정성스레 토시등을 닦아 걸고, 온 마음으로 두 손을 모으던 그때의 아낙들도 벌써 길굼턱을 돌아 저쪽세상으로 가 버린 것일까. 아니면 배를 타고 원양을 나갔던 섬의 사내들이 진즉에 뭍살이로 돌아서서일까. 그도 아니면 요즘 세상에는 등 따위를 켜는 건 아무 효험이 없다고 생각하게 된 것일까. 흐르는 세월은 등을 닦던 마음들마저도 닦아버린다.

"미안했네. 그때는 참말로 미안했네."

여자에게 간신히 한마디를 한다.

"그런 말 마소. 자네도 많이 힘들었을 거니까."

그게 습관이기라도 한지 이참에도 여자의 말은 한참을 있다 나온다.

들판에는 꼬마바람이 앞서간 형들을 따라가느라 버거운 걸음이다.

그리 등을 돌리고 도망친 뒤에는 어찌 되었던가. 내가 승미에게 무책임했듯 세상 역시 나를 책임져 주지 않았다. 두 번의 실패 뒤에야 나는, 대학을 가겠다는 것이 무모한 꿈이었다는 걸 깨달을 수 있었다. 소위 일류대라고 하는 곳은, 공고 출신에다 5년을 군대에서 구른 나에게는, 지렛대를 갈아 바늘을 만드는 것만큼이나 불가능하다는 것을 알게 되었다. 무엇보다 그것은, 열정만이 아니라 물적物的 요소가 뒷받침되어야 한다는 사실도 깨닫게 되었다. 눈을 낮추면 그 점수로 갈 수 있는 대학이 없는 건 아니었지만, 비싼 등록금 내고 그렇게는 안하고 싶었다. 일단 들어가면 또 막노동이라도 하며 어찌어찌 다닐 수야 있겠지만, 거지꼴을 하고라도 애면글면 밀고 가볼 수는 있겠지만, 그런 시지부지한 대학의 허접한 졸업장을 따기 위해 사 년이라는 시간을 허덕이고 싶지는 않았다. 그러기에는 노력과 돈이 너무 아까울 것 같았다. 그러는 한편으로는 내가 하고자 하는 그 일은 꼭 대학을 안 나와도 되겠다는 생각도 들었다. 강의실에 갇히기보다는 세상에서 몸으로 살아가는 게 문학을 위한 더 큰 공부가 되지 싶은 것이다. 그래서 깨끗이 포기했다. 오랫동안 가슴에 품어 왔던 대학에의 꿈을 버렸다. 내 인생에서 대학은 영영 안녕이었다. 이제 대학 말고 삶의 현장에서 내가 꾸었던 꿈을 이루어갈 것이었다.

　그렇게 결정하고는 노동판을 떠돌았다. 일을 하면 당장 오늘은 해결할 수 있으니 가장 편한 살이의 방법이었다. 일단 오늘만 버티자는 게 목표였다. 오늘이 급한 판에 내일까지 생각할 겨를이 없었다. 오직 오늘만을 염두에 둔 하루살이 날품팔이로, 이 여름은 아파트 건설현장에서 허드렛일로, 저 겨울은 일본에서 불법취업자로, 또다른 계절은 화원에서 막일꾼으로, 세월이 가는 대로 그냥저냥 흘렀다. 하루하루를 날일꾼으로 구르다 보니 마음속에 갖고 있던 그 꿈도 서나서나 잊혀져 갔다. 나에게 그런 꿈이 있었는지조차 가물가물해지는 것이다. 노동판으로 뛰어들면서 그런 뜬구름 같은 꿈을 가졌었다는 게 철부지였다는 생각이 들기도 했다.

그렇게 품팔이꾼으로 비칠거리다 지금은 떠나고 없는 한 여자를 만났다. 함바집에서 일하는 나보다 세 살이 많은 여자였다. 그렇고그래서 뭐 중뿔날 것 없는 인생들끼리 대고 만나 이냥저냥 인생을 비벼보자는 암묵적 약속이 있었을 것이다. 잘난 것도 못난 것도 없이, 잘나질 것도 못나질 것도 없이 그저 대나캐나 뒹굴고 있는 인생, 서로 외로움이나 달래면서 세월하자는 유행가 같은 감정도 덧들었을 터이다. 다 떨어진 작업복 한 벌 같은 두 인생은 성남의 산동네에 사글세를 얻고, 하나는 여전히 식당 종업원으로, 다른 하나는 그전처럼 공사판의 일꾼으로 세상을 떠돌았다.

　따로 떠돌고 때때로 함께 뒹굴던 여자가 어느 날 병원에 가겠다 했다. 애가 생겼는데 형편이 안되니 떼겠다는 것이다. 여자는 그 말을 마치, 엉덩이에 종기가 났으니 그것을 짜러 가야 한다는 것처럼 했다. 맛이 없으니 한모금했던 식은 커피를 버리겠다는 것처럼인 것이다. 그 말을 듣는 순간 여자가 딴 남자와 뒹굴고 있는 장면을 본 것처럼이나 머리가 헤까닥 돌아버렸다. 몰록 피가 거꾸로 솟는 것이다. 그 당장에 잡아먹을 듯 여자에게 게거품을 물었다.

　이 미친년아, 살려고 생겨난 생명을 어떻게 죽이느냐. 아무리 그래도 그것도 숨이 붙어 있는 생명인데, 개새끼가 아니고 사람새끼인데, 그런데 어떻게 마음대로 죽이느냐. 그러고도 너가 인간이냐! 그러고도 너가 사람이냐고! 맨맛한 생명을 죽이고 너가 제대로 살아질 것 같으냐. 우리가 명대로 살아질 것 같냐고! 그랬다가는 너도 같이 죽을지 알아라. 죽고 잪으면 마음대로 해라.

나는 과도하게 민감해져 있었다. 애를 떼겠다는 말을 듣는 순간 느닷없이 옛날의 그 '낙서'가 퍽, 머리를 치는 것이다.

제발,

우리 아기를, 살려 주세요.

세월에 묻혀 버린 듯했지만 그것은 마음의 골목 언저리 저 어디쯤에 똬리를 틀고 있었던 듯하다. 술에 취해 비틀댈 때에도, 갈 길 몰라 헤매일 적에도, 이 거리 저 구석으로 떠돌 참에도, 그것은 내 의식의 저 어디만큼에 고스란히 잠재돼 있었던 모양이다. 부수어진 한 여자와 가엾은 한 생명을 외면하고 도망친 것이, 그러지 말았어야 했는데 그리 했던 것이, 그것이 결국은 앙얼이 되어 내 인생을 망가뜨렸다고. 그것 때문에 내 인생은 애저녁에 벌써 베려버렸다고. 그러니 더 이상 빈천할 것 없는 인생일지라도, 나아질 한 치가 없는 막장의 삶일지라도, 다시 또하나의 미늘을 턱에 꽂을 수는 없다고. 절대 그래서는 안된다고. 그랬다가는 정말로 그 당장에 인생이 바수어져버릴지도 모른다고. 잊어버린 듯했지만 그 생각은 내 머릿속 어디에 또아리를 틀고 있다가 여자의 말을 듣는 순간 의식에 매질을 한 것 같았다.

일이 그리 되려 그랬는지 팔 개월째인데 양수가 터져 병원에 가기는 가야 했다. 아이가 비정상적일 수도 있고 산모가 위험할 수도 있다 했다. 둘 중에 하나를 택하라는 말처럼 들리기도 했다. 자칫하다가는 둘 다가 잘못될 수도 있다는 말이렷다. 앞뒤없이 무조건 낳겠다 했다. 아이를 더 사랑하고 산모를 덜 아껴서가 아니었다. 순전히 머릿속에 꿈틀대고 있는 그 '낙서' 때문이었다.

또다른 바람의 무리가 어둠을 밀어간다.
그걸 끝내 물어 말아? 좀 전에 했던 말에 묻어서 그냥 끝내고 말까. 아무래도 여자는 내가 그 낙서를 본 걸 모를 테니 이냥 말하지 말까. 나 혼자서 갖고 있던 생각이니 이쯤에서 말을 돌리고 말까.
다시 자춤거린다. 그게 핵심인데 막상 꺼내려니 또 머뭇거려진다. 그것이 사실이 아니었을 수도 있다는 생각이, 그걸 봤다는 게 착각일 수도 있다는 생각이 한쪽에서 머리를 드는 것이다. 그 말을 하려고 이때껏 이렇게 있어 놓고 말이다.
사람의 세상에는, 그 세상에 사는 여자만큼이나 또는 남자만큼이나 사랑은 있을 것이고, 사랑하다 헤어지는 여자와 남자만큼이나 이별이 있을 터이니, 나와 그녀의 것도 백사장의 모래 한 알쯤으로 치부하고 넘어갈 수 있었다. 더 사랑해줘야 할 여자를 외려 외면하고 도망친 것이 비겁은 했지만, 부서진 여자에게 등을 돌렸다는 것에 양심의 가책을 느끼는 게 당연은 하겠지만, 그건 어찌 됐든 여자와의 일이니 그냥저냥 잊힐 수도 있는 것이었다. 시간이 흐르면서 조금씩 엷어져, 마침내는 희미한 자국으로만 남는 과거의 흔적이 될 수도 있는 것이다. 그런데 '아기'는 안그랬다. 이상하게 그것은 세월에도 닳지 않는 마음속의 못으로, 시간이 지나도 선연한 머릿속의 문신으로 자리하고 있었다. 평소에는 없는 듯 아무렇지 않다가도, 꼭 삶이 힘들어 긴 한숨일 때에만 불쑥 솟아나 송곳처럼 마음을 찔러대는 것이다. 과거의 그것 때문에 네 인생은 진즉에 종을 쳐 버렸다고, 그것의 코뚜레에 꿰인 이상 아무리 용을 쓰고 기를 써도 거기에서 빠져나올 방법이 없다고, 결국 너는 평생을 그따위로 살다가 죽을 것이라고, 이미 그렇게 결정지어져 버린 이상 그 멍에를 멘 채 인생을 걸을 수밖에 없다고 체념하게 되는 것이다. 그러면서 한편으로는 언젠가 여자를 만나 그것을 풀어야 한다고 마음먹고 있었다. 매듭을 풀어야 구멍에 걸린 줄이 빠져나갈 수 있듯 그것을 풀어야만 품팔이로라도 좀 편안히 살 것 같고, 그것을 속죄해야만 남은 세월을 덜 애피며 살지 싶은 것이다. 그리 생각은 하면서도 살다 보니 이러구러 시간이 흘러버렸다. 먹고사는 일에 치이다 보니 마음속 저 어디에 묻어두고만 있었다. 그런데 마지막 순간에 우연찮게, 아니 우연이라기에는 너무 우연 같아 되레 필연 같기만 한 기회가 왔다. 모든 필연은 우연의 옷을 입고 온다는데 영락없이 이 경우가 그랬다. 승미와 관련해 두 번째의 우연 같지 않은 우연이었다. 첫 번째와는 달리 이번은 있어서 좋을 것 같은 그런 우연이었다.

한 사람 정도에는 넌지시라도 알려두고 가고 싶었다. 뒤처리야 할 건덕지도 없겠지만, 아, 그게 그거였구나, 그 말이 그런 뜻이었구나 하고 짐작하게끔은 해두고 싶었다. 흔적도 미련도 없이 깔끔하게 떠나는 게 진정 용기 있는 태도겠지만 아무래도 나에게는 그 정도의 용기는 없는 모양이었다. 말을 한다고 해서 이미 먹은 마음이 바뀔 것도 아니어서 어릴 때 친했던 녀석에게 술을 한잔 하자고 했다.

　속켜를 알 리 없는 녀석은 약속시간을 한 시간도 넘겨서야 모습을 드러냈다. 혼자서 소주 한 병을 비우고 한 병을 더 까놓고 있는 참이었다.

　"아따, 미안하다야. 재 너머에 초상이 나서 말이다. 뱃머리서 물건 잔 실어다 주니라고."

　녀석은 고향에서 용달을 몰고 있다.

　"술이나 한잔 주라."

　헐떡거리며 들어선 녀석이 핑계처럼 잔을 내민다. 말없이 잔을 채워준다.

　"아야, 오랜만인데 건배나 한번 하자."

　녀석이 술잔을 든다. 나도 든다. 건배할 마음이 아닌데 그냥 부딪는다. 이러나저러나 매한가지다.

　"너, 근남이 알지야? 껀드께 살았던."

　빈 잔을 내려놓으며 녀석이 묻는다.

　안다. 전교에서 가장 키가 크고 몸집이 좋았던 친구다. 중학교 2학년짜리가 면민체육대회에 씨름선수로 출전할 정도였는데, 그럼에도 선수들 중에서 젤로 덩치가 컸다. 큰 키 탓인지 좀 어리버리해 보이기는 했다. 학교 성적은 키만큼이나 뒤에서 놀았다. 중학교 졸업 후에는 본 적이 없으니 아물가물하다.

　"몇 년 전에 죽었냐, 안." 하더니 녀석이 잔을 홀딱 비운다.

내가 그 소식을 들었을 리 없다. 고향과는 아주아주 오랜만이다. 나는 말없이 잔을 비운다.

"너 몰랐구나!"

녀석이 나를 힐끗 쳐다본다.

"아따 새끼, 무심하기는. 친구 죽은지도 모르고."

녀석이 다시 잔을 비운다. 안주도 안 집고 녀석이 '근남이' 얘기를 시작한다. 그런 얘기를 듣고 앉았을 만큼 한갓진 기분도 아니고, 그런 얘기에 흥미를 가질 만치 한가한 마음도 아닌데, 그냥 있는다. 녀석에게는 암시만 할 것이므로 딱히 길게 할 말이 없기는 하다. 무슨 얘기인지는 몰라도 귓전으로 흘릴 요량이었다. 그런데 녀석이 괜히 근남이 얘기를 꺼낸 것이 아니었다.

중학교를 졸업한 근남은 고향에 눌러 앉았다. 홀어머니와 살아가는 애옥살림이기도 했지만 처음부터 상급학교 진학에는 관심이 없었다. 어릴 때부터 공부에 흥미를 못 느꼈고 공부할 여건도 좋지 않았다. 중학교까지는 왕복 네 시간이 걸리는 마을이다. 새벽같이 일어나 두 시간의 산길을 걸어, 교실에 닿자마자 두어 시간을 졸고, 점심 먹고 다시 두어 시간을 꾸벅대다 가방을 싼다. 가방을 멜빵해 지고는 두 개의 재를 넘으면 기진맥진이다. 밥상머리에서 숟가락을 쥔 채 꾸벅거리다 모로 쓰러져 잠이 든다. 그리고 다음날 새벽이면 또 가방을 싸들고 집을 나선다. 남들이 가니까 따라는 가는데 도대체 학교를 왜 가는지 모르겠었다. 공부하러 가는 게 아니라 도시락을 까먹으러 다니는 것 같았다. 학교라는 데가 공부하는 곳이 아니라 친구 따라 가는 강남 같은 곳이었다. 그래도 그런 데를 끝까지 다녔으니, 근남이 받은 중학교 졸업장은 전교 일등에게 주는 교육감상만큼이나 값진 것이었다.

친구들이 육지에 나가 고등학교에 다닐 때 근남은 고향에서 배를 탔다. 언젠가 자신의 배를 갖는 게 근남의 꿈이었다. 근남은 그 꿈을 이루기 위해 열심히 일했다. 방학 때 친구들이 내려와 떼거리로 몰려다닐 적에도, 그 친구들이 행랑방에 모여 술 담배를 배울 적에도, 그 중의 누군가가 고샅에 쪼그린 채 토악질을 해댈 적에도, 근남은 부지런히 어장만 따라다녔다. 고등학교 교복을 입은 친구들의 모습도, 그들끼리 떼를 지어 노는 모습도 부럽기는 했지만, 자신은 자신만의 목표가 있다는 것으로 위안을 삼았다. 그렇게 부지런히 일한 결과 근남이 드디어 배를 가지게 되었다. 기계가 놓아진 1톤짜리 뗏마[19]였다. 좁은 고샅만밖에 안한 똑딱선이었지만 근남에게 그것은 저 앞바다를 지나는 유조선만큼이나 크게 느껴졌다.

근남은 그 배로 어장과 낚시를 했다. 자망으로 고기도 잡고, 낚시꾼이 있으면 선상낚시를 가거나 갯바위에 실어다주고 삯을 받았다. 사람들이 혀를 내두를 정도로 열심이었다. 그러다 자칫하면 바다에 잡아먹힌다고들 염려였지만 근남은 아랑곳 안했다. 바

---

[19] 노로 움직이는 전마선

다가 마치 동네 골목이나 되는 양 마음껏 휘젓고 다녔다. 그렇다고 그렇게 이없이[20] 어장을 해서 꼽꼽하게 돈을 모으는 것도 아니었다. 고기를 잡으면 기름값만 받고 반찬거리로 팔았다. 거의 공짜나 진배없었다. 나중에는 이 마을 저 마을에서 생선을 사려고 사람들이 몰려들 정도였다.

배도 있고 성격도 좋지만 맞춤한 배필이 없는지라 몽달귀신으로 나이 들 줄 알았다. 동네라야 스무 집 정도이고 섬에서도 가장 외진 곳이다. 젊은 여자 꼴새라도 보려면 재를 넘어 면소재지에까지 가야 했다. 장가를 드는 게 처녀불알 구하는 것만큼이나 불가능한 현실이었다. 그런데 무슨 조홧속인지 근남이 그 처녀불알을 구했다. 어느 날 근남의 집에 처자 하나가 들어왔고 그리고 둘이서 살림을 시작한 것이다. 바다에 빠져 죽으려던 여자였는데 근남이 건져주었단다. 이런저런 얘기들이 돌았지만 착하게 사는 근남에게 용왕님이 점지해 준 짝이라고들 믿었다. 딸린 꼬마애를 보면서는, 늦은 나이인 걸 알고 애까지 딸려 보냈다며 겹경사로 기뻐해 주었다. 근남의 인생에 행복이라는 꽃이 피어났던 때였다.

그런데…, 그런데 말이다, 왜 착한 사람 뒤에는 '그런데'가 따라다니는 것일까. '그리고'가 아니고 왜 '그런데'가 혹처럼 따라붙는 걸까.

태풍이 밀려오고 있었다. 매년 늦여름이면 반복되는 연례행사

---

20) 쉴 틈 없이

이다. 제주바다로 열려 있어 정면으로 바람을 받는 동네다. 큰바람이 불면 사람들은 집에 틀어박혀 꼼짝을 안한다. 바다를 뒤집고 온 바람이 어디로 불려버릴지, 무엇이 날아와 덮쳐버릴지, 어떤 늬누리가 쓸어가버릴지 종작할 수 없기 때문이다.

태풍 단속을 해 놓고 막 토방에 앉은 참이다.

"수, 숙진이가, 늬, 늬에 쓸렸다요!"

아내가 헐레벌떡 뛰어 들어왔다.

"뭐라고라우?"

벌에라도 쏘인 듯 근남은 토방에서 튕겨 일어났다.

"숙진이가 늬에!"

포말을 뒤집어쓴 듯 아내의 얼굴이 하얗게 질려 있다.

"어디라우?"

"넙이요, 넙!"

사태를 직감한 근남은 모탕[21]으로 돌아가 사려진 줄 고팽이를 찾아 들었다. 그리고 불판나게 갯가로 뛰었다. 배를 띄울 상황이 아니었다. 엔간하면 배를 타고 나가겠지만 파도가 너무 높았다. 미쳐 날뛰는 늬가 한 주먹감도 안되는 배를 메어다 꽂아버리면 그걸로 끝이었다. 몸으로 직접 가는 게 최선의 방법이었다.

물매가 뜬 갯바위가 해변을 따라 넓고 길게 펼쳐진 곳이다. 바위 비탈이 분교 운동장의 몇 곱이 되는지라 '넙'이라 부른다. 늬는

---

[21] 집의 옆구리

완만한 갯바위를 타고 길래길래 밀고 오른다. 설마 여기까지 올라오랴 싶지만 뉘는 스럼스럼 바위를 타고 올라 산발치의 오솔길까지 덮어 버린다. 그런 줄 모르고 갯바탕에서 갯것을 하다가 뉘에 휩쓸려버린 동네사람이 서넛이다. 그것을 알 리 없는 꼬맹이들이 빠르게 지르는 것만 생각했을 것이다. 태풍이 몰려오고 있다니까 선생님은 얼른 집으로 가라고만 했고, 아이들은 서둘러 오는 데만 정신이 팔렸을 것이다. 두 개의 재를 넘는 꼬부랑 산길이 질러오는 갯길의 두 곱이 되고도 남으니 그럴 만도 했다. 평소에 다니던 길이라 대수롭지 않게 여겼으리라.

저만치 산만한 뉘누리 속에 티끌 같은 것이 떠 있다. 아이는 뉘에 실려 높이 솟구쳤다 깊게 꼰진다. 근남은 줄의 한 끝을 나무에 묶은 뒤 다른 쪽을 몸에 홀치고는 바다로 뛰어들었다. 그리고 부지런히 손발을 저었다. 하지만 잘 나가지지가 않는다. 조금 나아갔다 싶으면 거친 뉘가 몰려와 뒤로 밀어버린다. 그래도 계속해서 손발을 놀린다. 가야 한다. 가서 딸을 구해야 한다. 있는힘을 다해 손과 발을 젓는다. 평생을 바다에서 살아온 몸이지만 태풍의 한가운데를 헤엄치는 건 쉽지 않다. 기골이 장대한 근남에게도 몰아치는 뉘는 거대한 산이다. 그래도 가야 한다. 가서 딸을 건져야 한다. 근남은 죽을힘으로 뉘를 헤쳤다. 그리고는 어찌어찌 아이를 잡았다. 아이 허리에 줄을 묶고는 당기라는 신호를 보냈다.

어서 당겨라! 얼른 당기란 말다!

줄이 조금씩 팽팽해진다. 됐다. 살았다. 그런데 팽팽만 해졌지 더 이상 당겨지지 않는다. 두 사람을 끌어가야 할 줄이 그러지를 못하는 것이다. 몸이 성치 못한 아낙과 초등학생 둘에서 뉘에 휩쓸린 둘을 당기기는 버거워 보인다. 거기에다 근남은 소문난 덩치였다. 잡아는 당기지만 두 사람의 무게와 뉘의 훼방을 못이긴다. 밀고 오르는 뉘에는 당겨졌다가 썰어 내리는 뉘에는 다시 쓸려 내린다. 허리 굽은 노인들 몇이 그쪽으로 가고 있지만 늙은 걸음은 더디기만 하다. 안되겠다. 아이라도 보내야겠다. 근남은 허리에 훌친 줄의 매듭을 풀었다. 자신은 저만치 보이는 물공을 붙들고 버터볼 심산이었다.

아이가 서서히 당겨져 간다. 이제 녀석은 살았다.

아이를 뒤로하고 근남은 양식장을 향해 헤엄질을 시작한다. 물공이 저 앞에서 솟구쳐 오른다. 저 정도는 충분히 가고도 남는다. 저기 무인도까지도 헤엄쳐 다니던 소년 아니냐. 저깟 정도야 새 발의 피다. 힘차게 손발을 젓는다. 그런데 나가지지가 않는다. 더 힘껏 저어 본다. 너가 이 섬놈을 우습게 본 모양인데 나 그렇게 시픈쉬운 놈 아니다. 이래봬도 생키송아지를 두 마리나 탄 유명한 씨름꾼이었다고. 힘으로는 당할 자가 없던 장사였단 말이다.

허나 그것은 잔잔한 바다에서의 이야기였다. 청춘의 피가 가마솥의 곰국처럼 끓던 때의 말이었다. 지금은 미쳐 날뛰는 태풍의 뉘누리 속이다. 더군다나 아이에게 헤엄쳐 오느라 기진맥진한 상태이기도 했다. 저만치에서 물공들이 오라고 손짓하지만 거친 뉘를 뚫을 수가 없다. 반 마장이 못되는 거리가 육지만이나 멀다.

이리 쓸린 몸뚱이가 다시 저리로 밀린다. 손을 젓고 발을 차보지만 소용이 없다. 뉘에 실려 마냥 떠밀릴 뿐이다. 갯물이 입으로 밀려드는데도 쓰디쓴 그것을 뱉어낼 수가 없다. 힘이 점점 파해 간다.[22] 위로 솟구친 뉘가 아래로 깊게 박힌다.

엄매, 가야 할랑갑네야. 엄매보듬 내가 몬침 갈랑갑네야. 그래서는 안되는데 어떻게 그라고 되뻤네야. 그라제만 이것이 다 목숨인데 어차것는가. 엄매, 밥 잘 묵고 몸 아프지 말고 살게이. 그라다가 또 만내세이.

올라갔다 내려갔다 맥이 없다. 그 오춘[23] 있는 데로 갈랑갑다.

열 살 때 나 살레준 오춘, 그때 참 아짐찬했소야. 그적에 오춘 덕으로 목숨 구했고 인제까지 살았네라우. 오춘 은혜 안 잊고 평생 가슴에 새기고 살았소야. 아짐찬하요야.

깊게 꼰졌던 뉘가 높게 솟구친다. 뉘에 실린 몸이 공중에 세워진다. 저기 산꼭대기에 보이는 건 바위 봉우리 '범바구'다.

범바구님, 저 가고 나드래도 엄니랑 각시랑 딸이랑 잘 살페 주시요이. 그래주시요이. 그라고 저를 저승에다 잘 데레다 주시요이. 잠잤다가 깨드끼 거그다가 살짝 옮겨놔 주시요이. 그래줘야 쓰요이.

깊게 들어간 몸이 높이 올라간다. 컴컴해졌다 싶은데 이내 환해

---

22) 없어져 간다.
23) 남자 어른의 호칭

진다. 저기에 슬쩍슬쩍 보이는 건 구름 낀 하늘이다. 물속의 시간은 길어지고 물 밖의 시간은 짧아진다.

여보, 나랑 살어줘서 아짐찬하네. 더 살었으면 좋았것네만 이것이 우리 인연이니 어차것는가. 아숩제마는 따러가야제. 이녁을 혼자 두고 몬침 떠나서 미안하시. 참말로 미안하시. 그라제만 우리는 또 만나질 걸세. 그랑께 너머 많이 울지는 마소. 너머 오래 슬퍼하지는 말어이. 자네를 영원히 사랑하네이.

이제 하늘은 언뜻언뜻이다. 출렁이는 어둠이 눈을 덮는다.

딸아, 엄마 말씀 잘 듣고 예쁘게 커야 쓴다이. 아부지가 내내 젙곁에서 지켜줄 테께 건강하게 커야 쓴다이.

다음날 근남은 부수어진 널조각처럼 선창 구석에 떠밀려 있었다.

친구가 홀짝, 술잔을 비운다.

"근디, 죽은 근남이 잰네집장인집에 초상 났어야, 어지께."

녀석이 직접 술을 따르더니 홀딱 비우고는,

"너…,"

흘낏 내 눈치를 살피더니,

"승미 알지야?" 한다.

술잔을 든 채 녀석을 건너다본다.

손을 잡았고, 논어덕에 앉았고, 입을 맞췄고, 몸을 나누었고, 그 몸이 부숴졌고, 그리고 내가 등을 돌리고 도망쳤던 여자의 이름이다.

"승미가 근남이 각시여야. 그 엄니가 어지께 돌아가셨네라. 낼 출상이구마."

티를 안 내려 하지만 내 눈은 진즉에 놀란 토끼처럼 하가마가 돼 있을 거다.

여자가 고향에 들어와 살았다니. 그리고 근남이와 살림을 차렸다니. 그런데 남자는 딸을 살리려다 바다에 빠져 죽었다니.

상황이 이상하게 돌아간다. 섬에 들어와 살 여자가 아니다. 몸이 망가져서 그렇지 근남이와도 그림이 잘 안 나온다. 살다 보면 여기가 긁히고 저기가 깨어져 모두들 어슷비슷해지겠지만, 그러니 잘나고 못나는 게 다 거기서 거기인 게 또 인생살이겠지만, 아무리 그래도 둘은 어우러질 쌍이 아니다. 공부도 잘하고 얼굴도 예쁜 여자애와, 코찔찔이에다 공부도 못하는 남자애가 중간놀이 시간에 짝이 됐다고나 할까. 우연히 짝이 되어 손을 잡았다 팔을 끼었다 빙글빙글 돌며 춤을 출 수는 있겠지만, 선생님의 지시니까 방과후에 그 애의 나머지 공부를 도와줄 수는 있겠지만, 그래도 절대 평생의 배필이 될 수 있는 사이는 아니다. 아무리 몸이 그렇게 됐다 해도 아닌 건 아니다. 그런데 둘이 부부로 살았단다. 중간놀이 시간의 짝꿍이 나중에 부부가 된 경우이다. 세상에는 없을 일이란 없는가 보다. 그래서 안 어울리지만 둘이가 부부가 되어 살았나 보다. 그건 그렇다 치고, 그런데 남편이 죽은 것은 무슨 경우인가. 어울리지 않더라도 이왕 맺어졌으면 끝까지 행복하게 살아야지 중간에 죽은 것은 무슨 까닭인가. 안됐다는 생각의 끄트머리에 '어쩌면'이라는 거머리가 따라붙는다. 여자의 불행에도 어떤 업보가 있는 걸까. 혹 그 업보의 뿌리가 나와 같은 것일까. 낙서의 그 글씨가 여자까지도 물고 늘어진 걸까. 거머리들 수십 마리가 머릿속을 헤집고 있다.

"그런디이……."

녀석이 무슨 말을 더 하려다 말고 입에다 술을 턴다.

"그런디야이……."

녀석이 다시 말을 꺼내려더니 도리머리를 치고는,

"에이, 관두자."

하며 병을 들어 잔을 채운다.

기분이 그렇지 않으면 억지로 입을 벌려서라도 속에 물려 있는 말을 꺼내 보겠는데, 그냥 있는다. 남편을 잃었는데 엄니까지 돌아가셨다는 얘기겠지. 별것도 아니다. 혹 남편이 죽었는데 아이까지 잃었다면 모르지만.

"너 안가볼라냐?"

녀석도 나와 여자와의 관계를 숨바꼭질의 머리카락 정도는 안다. 녀석과 함께 밤을 타고 여자네 집에 놀러간 것이 두어 번 된다. 아마 그래서 나한테 여자 얘기를 꺼낸 것이겠다.

가봐야겠구나. 안그래도 꼭 한번 보려고 했는데 마침 잘됐구나. 마지막에 기회가 온 게 좀 그렇지만 앗살하니 용서를 빌고 떠나는 것도 괜찮겠구나. 마음속의 찝찝함을 풀고 떠나라고 그 엄니가 자리를 마련해주는갑구나. 겸두겸두 가봐도 되겠구나.
 "가보자."
 나는 녀석의 용달을 타고 재를 넘었다. 녀석에게 하려던 넌짓한 말은 까맣게 잊은 채였다.

 "그럼 애기는 어떡했는가?"
 몇 번 침을 삼키다 말을 꺼내놓는다. 결국 그 말이었다. 그것이 풀어야 할 마지막 매듭이었다.
 바람들이 이리저리 들판을 몰켜다닌다. 바람의 놀이에 정신이 팔려 있는 걸까. 한참이 지나도 여자는 대답이 없다. 내쉬는 숨소리가 아니라면 여자 역시 바람이 되어 들판 저 어디로 불어간 줄 알겠다.

 여덟 달 만에 세상에 나온 아이는 바로 집으로 못 오고 넉 달을 더 병원을 산모 삼아야 했다. 나에게 엎친 일이었다. 엎친 데는 덮친다는데 정말 그럴까? 왠지 그럴 것 같은 불길함이 손오공의 머리띠처럼 머리를 옥죄었다. 도둑이 제 발 저리는지도 몰랐다. 그런데 영락없었다. 애가 태어나고 일 년이 지났을 때 여자가 짐을 싸버렸다. 내가 옛날에 승미에게 그랬듯 이 여자 역시 온다간다 없이 떠나 버린 것이다. 애가 아직 돌도 안 넘긴 핏덩이일 때였다. 업보는 그렇게 또다른 업보로 덮쳐지는가 보았다.
 엎친 데 덮치고, 그것도 부족해 짓밟기까지 하는 경우도 있을 것이다. 두 가지 것으로 액땜을 했다고 여겼으니 거기까지는 생각을 못했는데 내가 똑 그 꼬락서니였다. 이것은 그냥 짓밟고 마는 게 아니라, 지근지근 밟은 다음 아예 짓이겨버리는 거나 진배없었다. 한 인생을 마아버리고 말겠다는 작정인 것 같았다. 형에게 맡겨둔 애가 돌이 지나도록 갱신을 못한댔다. 뒤집기는새레간에 목을 바로 가누지도 젖꼭지를 제대로 빨지도 못한단다. 우유를 떠먹여주면 보로시 몇 모금 할짝이고 만단다. 아무래도 이상하다는 형수 말에 병원에 데려가 보니, 아아! 엄청나게 큰 괴물 하나가 금방이라도 짓밟을 듯한 품으로 내 머리 위에 발을 들고 서 있었다. 양수가 터졌는데도 너무 지체하는 바람에 아이의 뇌에 문제가 생겼다는 것이다. 정상적인 상태가 되긴 어렵고 평생을 불구로 살아야 할 것이란다.

아, 이럴 수가! 정말 이럴 수가! 아무리 그렇대도 이렇게까지 잔혹하게 짓밟을 수가! 이리도 무참히 능께버릴 수가!

의사는 한심하다는 눈길로 나를 바라보았다.

너는 아비 될 자격이 없어. 지 인생도 하나 책임 못지는 주제에 새끼는 무슨 새끼야! 한 몸뚱이 살다가 때 되면 가지 그래.

의사의 눈을 피하려 고개를 숙이는데 빛살 같은 무언가가 머리를 탁, 쳤다. 퍼뜩 정신을 차려보니, 낙서에 있던 그 글씨들이었다.

우리 아기를, 살려 주세요.

그리고 글씨들 뒤에 또하나의 장면이 잇대어졌다. 그때 자취방에서 문틈으로 쏘여지는 빛살 속에 우두커니 서 있던 불구가 된 승미의 몸이었다. 한쪽 어깨가 망가지고, 그 아래 있어야 할 젖가슴도 없어져버리고, 그래서 시소처럼 비스듬히 기울어졌던 그 몸이 말이다.

 아아, 그것이었구나. 그 두 가지 것이었구나. 나에게는 그 두 가지가 엮여 있구나. 나는 그 두 가지에 대한 죄과를 받아야 하는구나. 하나는 내가 받고 다른 하나는 저 애가 받는구나. 그래서 내 인생은 이 꼴이고 저애는 저 모양이구나. 나몰라라 버렸던 그 애가 나를 저주하는구나. 자업이니 자득이로구나. 그 앙얼에서 영영 벗어날 수가 없구나. 녀석은 평생을 장애자로 살아야 하고, 나는 죽을 때까지 그 바윗덩이를 짊어져야 하는구나.

 꺾였던 무릎이 다시 팍, 꺾어졌다.

 형수는 더 이상 애를 맡기 힘들다 했다. 부득이해서 잠시 맡아는 줬지만 한하고 그러기는 어렵다는 것이었다. 섭섭지는 않았다. 형제간이라고 하지만 쉽게 부탁할 수 있는 성질의 것도 아니었다. 온전한 아이여도 힘들 텐데, 제 몸 하나 제대로 부쩌지 못하는 아이 아닌가. 얼마간의 양육비를 부치기는 했지만 조카가 둘이나 있는 넉넉지 못한 살림에도 그동안 거두어 준 것만도 고마웠다.

 문어처럼 흐느적대는 아이를 업고 산동네를 오르는 길은 참담하고 암담했다. 내 몫의 하루를 살아내기도 버거운 판인데 몸도 제대로 못 가누는 연체동물 하나가 등짝에 들러붙어 흐늘대고 있는 것이다. 산동네의 물매 싼 계단 한 발짝마다에 벼라별 생각들이 다 갈마들었다. 아이를 업은 참 축대 저 아래로 뛰어내려 버릴까. 이대로 업고 가 한강 다리에서 함께 몸을 던져버릴까. 눈 질끈 감고 방파제 너머로 버려 버릴까. 그런 생각들의 갈피로 또 그 낙서가 머리를 쳤다.

 우리 아기를, 살려주세요.

 무서워졌다. 날카로운 면도날이 등줄기를 긋는 듯, 캄캄한 산길에서 길게 찢어지는 고양이 울음을 들은 듯 온몸의 털들이 쪼뼛이 곤두섰다. 그렇게 했다가 또 무슨 해코지가 더해질지 와락 겁이 났다. 더 이상 망가질 것도 부숴질 것도 없는 인생이지만, 더 이상 떨어질 곳도 곤두박질칠 곳도 없는 나락의 인생이지만, 비칠거리면서라도 걷고 있는 인생이 아예 땅바닥에 짜부라질까 두려워지는 것이다. 그것은 어쩌면 허청거리는 인생일지라도 목숨이 붙어 있는 존재라면 가질 수밖에 없는 삶에 대한 본능인지 몰랐다. 허접스런 현실일지라도 그래도 나아질 뭐가 있을 거라는 기대를 갖고 있는데 그것마저 시그러질까 하는 두려움 같은 것 말이다. 아무리 밑바닥을 기는 인생일지라도 손톱만큼한 그것마저 없다면 어떻게 오늘을 견디겠는가. 호롱불만한 가녀린 그 빛마저 없다면 어떻게 지금을 살아내겠는가. 그것은 마지막까지 인생을 포기 못하게 하면서도, 그럼으로써 인간을 더욱 비참하게 만들어 버리는 '희망'이라는 이름의 것이 가지는 양면적 성격인지도 몰랐다. 결국 이러지도 저러지도 못하고 녀석은 고향의 제 조부모에게 데려다졌다.

물 먹고 온다며 집으로 달려간 꼬마바람이 이제 막 정지문을 열었을까.

"무…, 무슨 말인가? 애…, 애기라니?"

여자의 말짓과 몸짓이 지나치게 크다. 당황한 듯도 놀라는 듯도 싶다. 마치 물건을 훔치다 들킨 아이처럼이다.

"아니, 옛날에 자네 일기장에 애기 애기 있었던 것 같아서."

침묵. 눈앞에는 다시 어둠. 부뚜막에 쪼그려 고구마라도 먹고 있는지 꼬마바람은 아직 기척이 없다. 밤이 늦었다며 엄마 바람이 못 나가게 하나 보다.

"그…, 그런 일, 어…, 없는데."

여자가 갑자기 말을 따듬거린다.

"자…, 자네가 자, 잘못 봤는갑네."

뭔가 예기치 못한 상황에 맞닥뜨린 듯한 태도다.

내가 잘못 본 건가. 그런 걸 본 적이 없는데 본 것으로 착각하고 있었는가. 그냥 넘어갈 걸 괜히 긁어 부스럼 만든 건가.

"자네 공책에서 분명히 본 것 탁은데."

여자를 돌아본다. 여자의 눈은 어둠의 하늘에 가 있다. 한참을 그러고 있다. 그러더니,

"딴 데서 봤는갑제. 나는 그런 일 없네야." 하는데, 이참에는 여자의 말이 꽤나 단호하다.

"진짜로 그런 일 없었는가?"

다시 묻는다. 긴가 아닌가 확실히 끝을 봐야 한다. 아니라면 더

할나위없이 좋다. 그러면 좀 가벼운 마음으로 떠날 수 있을 것이다. 그런데 기다면 그것을 빼내야 한다. 마음속의 매듭을 풀어 걸려 있던 줄을 흘려보내야 한다. 그러려고 나는 지금 이 밤을 여자와 앉았는 것이다.

"참말이네야. 진짜로 그런 일 없네야."

이번에는 여자의 대답이 바로 따라 나온다. 어투 역시 단단하다.

참말로 아닌 모양이다. 그런 일이 없었는데 나만 그런 글씨를 봤다고 여겼던갑다. 아무 일도 없었는데 나만 혼자서 헛것의 낙서를 만들어 놓고 그것을 망가진 인생의 언턱거리로 삼았었나 보다. 어디 떠넘길 데가 없어 그것으로 구실을 삼아 자빠져가는 자신을 핑계 댔었나 보다. 그러면 이제 마음에 박힌 미늘의 그 깃을 빼버려도 좋겠다. 흉한 문신으로 새겨졌던 그 한 줄의 낙서를 도려내고 조금은 가벼이 떠나도 되는 것이겠다.

"참말이제이? 진짜로 그런 일 없었다 이거제이?"

그래도 최종적으로 확인을 해야 했다.

"그렇네야."

여자의 대답은 한마디로 끝이다. 대답하기 귀찮다는 투다. 공연히 물었지 싶다.

"그래야이. 그런 걸 갖고 난 여태 그러고 살았네라."

저 건너에 불빛 하나가 꺼물거린다. 옛날에 보았던 토시등 그 불빛이다. 지금 생겨난 것인지 아까부터 있었는데 안 보였는지 모르겠다.

초가집의 아낙은 오늘도 정성스레 등을 닦아, 공들이고 싱들이는[24] 마음으로 불을 켰으리라. 그리고 원양 나간 남편이나 아들을, 공장에서 밤을 새울 딸을 비손했으리라. 등은 그 소망을 밤새 저기에 켜 두고 있는 것이리라.

멀리의 불빛이 풍선처럼 부풀더니 나에게로 달려온다.

"그 봉지 뭔가? 술인가? 이리 주소."

아까까지는 뽀시락대다, 나란히 앉은 뒤로는 옆에 조용히 쪼글신 봉지를 묻는다.

"가면서 먹으라고. 술 하고 안주 하고."

봉지를 건네받아 소주병을 꺼낸다. 따라 나온 생선냄새가 어둠 속으로 퍼져간다.

천지신명이시여, 마음속에 박혀 있던 못을 시방 뺐습니다. 그토록 긴 시간을 시도때도없이 찔러대던 가시라기가 지금 빠졌습니다. 머리를 옥죄고 있던 쇠로 된 테가 방금 벗어졌습니다. 이제 좀 가벼이 떠나도 될 것 같습니다. 고맙습니다.

"꼬시래이!"

어둠에다 호기롭게 술을 뿌린다.

내 속에서 무언가가 흘러나와 어둠 저편으로 사라지는 듯하다. 오랫동안 애리던 이가 저절로 빠진 것만 같다. 술 한 잔을 따라 내

---

[24] 지극한 공을 드리는

속에 붓는다. 달착지근하다.
"한잔 할랑가?"
종이잔에 술을 따라 여자에게 건넨다.
"아니. 술 안 마시네."
여자가 손을 젓는다. 내밀었던 잔을 내 입에 털어 넣는다. 역시나 달달하다.
"고맙네야. 아짐찬하네야."
진심을 담은 말을 여자에게 건넨다.
"뭐가 고마우까? 그럴 일이 없는데."
여자는 의아스럽다는 투다.
"죄 하나를 덜어줘서 말이네."
담배를 꺼내 불을 붙인다.
"후우!"
한숨에 실린 연기 한 모금이 어둠속으로 섞여든다.
"재 너머 우리집에 가면 병신자식이 하나 있네. 낼모레 학교 갈 나이인데 아직도 네 발로 뽈뽈 기어 다니제. 입으로는 침을 질질 흘림서 말이네."
속에서 무언가가 울컥 치솟는다. 술 한 잔을 부어 울컥이를 다 수른다.
"내가 지은 업보 때문에 그런 녀석이 생겨났것제."
날숨에 실린 담배연기가 어둠으로 길다.
"나는 그 업보가 일기장의 그것이라 생각했네. 그것이 죄가 되어 내게 왔다고. 그때 버린 그 아이가, 나한테, 또 내 자식한테 보내는 저주라고."

깊게 담배를 빤다.

"그런데?"

여자의 눈길이 나에게로 돌려지는 듯하다. 내 눈은 저기 등불에 가 있다.

"내가 저지른 일이니까 당연히 그 짐을 지고 살아 왔네. 그런데 지다 지다 너무 뼈체서 인자 짐을 내려놓을라고. 나도, 새끼도."

한 번의 그것으로 평생 동안 그 짐을 진다는 것은 너무 가혹한 형벌이다. 살다보면 그럴 수도 있는 일 아닌가. 세상에는 알게 또 모르게, 병원에서 또 병원이 아닌 곳에서, 얼마나 많은 떡잎 같은 생명들이 여드름이나 종기처럼, 혹은 상처에 덮인 딱지처럼, 아무렇지도 않게 짜이고 떼어져 버려지는가. 그렇게 하고도 그들은 또, 아무 일 없는 듯 밥을 먹고 잠을 자고 섹스를 하지 않는가. 그리고 얼마 뒤이면 또 그들은 그것을 버리러 병원에 가지 않는가. 그런 경우가 아니고라도 봐봐라. 얼마나 많은 사람들이 자기의 이익을 위해 남을 죽이는가. 남의 것을 빼앗기 위해, 남의 사람을 차지하기 위해, 남보다 더 갖기 위해. 그리고 또 봐봐라. 자신의 검은 야욕을 채우기 위해 백주의 도시에서 수많은 사람을 죽인 인간들도 있지 않은가. 그럼에도 그들은 아무 일 없이 이 나라 최고 자리에 앉아 떵떵거리며 살고 있지 않은가. 그런데 왜 나한테만 이리도 혹독하게 죄를 묻는 것이냐! 왜, 나한테만, 나한테만 말이다!
 다시 술을 들이켜고는 담배를 빤다. 연기가 허공으로 가뭇없다. 사라질 때는 저렇게 자취도 흔적도 없어야 한다.
 "죄를 둘씩이나 지고 가누나 싶었네. 꼴에 두 개의 목숨을 말일세. 그런데 오늘 자네를 만나 하나는 내려놓게 됐구마."
 여자를 돌아본다. 여자의 눈길은 어둠 쪽에 가 있다.
 "저 병신 녀석이 손톱 밑의 가시처럼 마음에 걸렸네. 희망이 없기는 저나 나나 내나 마찬가지 아니것는가. 그 아비나 그 자식이나 둘 다 발뒤꿈치의 티눈 같은 존재네. 그래서 가는 길에 데려 가려고."
 연이어 두 모금을 빨고는 한 번에 숨을 뱉는다.
 "둘씩이나 지고 가는 게 영 그랬는데 오늘 자네를 만났네라. 그런데 자네가 하나를 덜어주니 이제 하나만 지고 가도 되것네라."
 깊은 한숨을 어둠으로 내쉰다.
 "그건 또 무슨 말인가?"
 이미 남남이 되어 저저금의 삶을 살고 있는 여자에게 더를 말할 필요가 있을까. 얽혀 있다고 생각했던 고리가 사실은 따로였다는데, 한 줄에 만들어진 두 개의 매듭으로 알았는데 따로따로 제각기의 것이었다는데, 그런데 구태여 그 얘기를 꺼낼 까닭이 있을까. 그러다가 여자가 짐 하나를 덜어주었다는 생각에 속엣말을 조금만 풀어놓기로 한다.
 "나…, 여기서…, 떠날라고."

기댈 만한 아무런 희망도 없이 키울 만한 희망의 떡잎 하나 없이 버러지 같은 꼴로 어칠비칠 떠도는 존재를 사람이라 할 수 있을까. 술이 덜 깬 상태로 하루 일을 시작하고, 일이 끝나면 끝났다고 마셔대고, 이러지 말아야지, 정말로 이렇게 살지 말아야지 결심한다며 마신 술에 다시 취하고, 그렇게 되풀이되고 되풀이된 것이 도대체 몇 년이며, 일자리를 따라 허기진 바람처럼 집도절도 없이 이 구석 저 모퉁이로 떠돈 것은 대관절 몇 해인가. 남은 것은 술에게로 뻗는 손과 물처럼 마셔대는 입과 그래서 더 강해지는 습벽뿐이다. 애초에 생각했던 인생이 아닐 뿐 아니라 그 '애초에'에 대한 기억마저 흐리마리해진 지 오래다. 아무 의미가 없는 나날이며 어떤 가치도 없는 인생이다. 거기에 지렁이처럼 는지럭거리는 녀석은 또 어떤가. 녀석은 처음부터 뻘밭에 잉태됐던 생명이다. 그러니 녀석은 평생을 찌럭찌럭한 진흙탕에서 어기적거리며 살아야 한다. 아무리 내 새끼라지만, 아무리 내가 만든 자식이라지만, 저런 존재도 과연 '인간'이라는 명칭으로 분류될 수 있을까. 저런 존재를 인간 축에 끼워 넣을 수 있을까. 아무래도 아닐 것 같다. 아니 아니다. 인간도 아니고 짐승도 아닌 제3의 무엇이다. 해서는 안될 말이고 가져서는 죄 받을 생각이지만 저나 나를 위해서 죽는 게 낫다. 어떤 존재는 땅 위에서 사라져 주는 게 세상에게 사람에게 도움이 된다. 사는 게 죽는 것보다 못한 인생이 이 세상에는 있는 법이다.

"여기서 살지도 않음서 어딜 떠난당가?"

여자가 말의 속뜻을 못 알아먹은 듯하다. 아까 친구에게 하려던 넌짓한 말을 여자에게 대신 내주기로 한다.

"저기…, 멀리…. 아주 머얼리."

술잔을 들어 한 번에 마신다. 깊게 빤 담배를 깊게 뱉는다. 연기는 내 삶일 것처럼 어둠속으로 가벼웁다.

인생이란 게 이런 거였던가. 이렇게 맥없이 자푸라지는 게 삶이라는 나무였던가. 한번 까파지면뒤집히면 다시는 영영 못 일어나는 게 인생이라는 이름의 배였던가. 그게 인생의 본모습이었던가. 여기 앉아 바라보던 그 많은 별은 다 어디로 갔으며, 그때 꾸었던 꿈은 또 어디로 자취 없는가. 이렇게 돌아와 떠난다는 말을 하는 게 내가 그렸던 별과 꿈이었던가. 허무한지고!

"언제 가는데?"

한참 만에 여자의 말이다. 아마도 내 말의 뜻을 헤집어봤던 모양이다.

"낼 저녁에."

이것으로 여자와도 안녕이다. 수줍었던 마음, 설레었던 가슴, 떨리던 입술, 그리고 고왔던 젖가슴과 부드러운 몸아리, 그 뒤의 두려움, 도망, 죄책감, 절망감, 이제 그것들과도 영원히 안녕이다.

"마지막으로 술 한잔 하세."

종이컵을 내밀자 왜 그런지 이번에는 여자가 선선히 잔을 받는다. 어둠속에서 둘은 마지막이라고 이름 붙인 저저금의 술잔을 든다.

"잘 있게. 잘 살고."
"조심해 가시게. 편안하고."

그렇게 마지막 잔을 나누고는, 여자는 바큇자국을 따라 아까의 곳으로 돌아갔고, 나는 어둠을 더듬으며 돌멩이가 채이는 밤길을 찔뻑찔뻑 걸었다.

모든 것이 잠들어 죽음처럼 고요한 밤, 어둠이 세상을 채우고 있다. 사람의 것들은 저 멀리에 있고 어둠만이 친구가 되어 밤의 길을 걸어 준다. 돌담을 손으로 더듬거려 집으로 가야 했던 어릴 적의 칠흑 같은 어둠이다. 똥을 누러 통시에 가야 하지만 배를 싸쥔 채 끝내 참고 말았던, 귀신처럼 문 밖을 지키고 섰던 깡깡하디 깡깡한 어둠이다. 어디서 바스락 소리라도 나면 온몸에 솔잎 같은 소름이 돋던, 밤의 산길을 가득 채우고 있던 먹물 같은 그 어둠이다.

어둠은 무서운 것이었다. 그것은 없어야 좋을 것이었다. 그래서 밤에도 해가 안 지고 내내 떠 있었으면 싶었다. 초꼬지[25]를 켜기는 하지만 그것으로는 고작 방의 한쪽 귀퉁이나 밝힐 뿐이었다. 유리 불후리가 있는 호야가 초꼬지를 대신했지만 그것도 방의 반쪽쯤이나 밝히는 정도였다. 어린 날의 밤은 깜깜한 어둠이든가 희끄무레한 빛이든가였다. 그래서 밤이면 건너다보이는 육지의 불빛이 동무의 새 운동화처럼 많이도 부러웠다. 얼른 커서 캄캄하고 답답

---

[25] 참치 캔만한 등잔

한 세계에서 벗어나 전깃불이 환한 그 곳으로 가고 싶었다.

 그런데 묘한 일이다. 도시의 환한 전깃불보다는 옛날 윗목에서 끄먹거리던 초꼬지불이 생각난다. 빛이 어둠을 저만큼만 밀어내서, 그래서 어둠과 빛이 함께하던 그 방에 있고 싶다. 등잔 주변은 환하지만 먼 곳은 어둠이 차지하고 있던, 어둡지만 환하고 환하지만 어두워 빛과 어둠이 공존하고 있던 옛날의 그 방에 들고 싶다. 거기 엎드려 만화를 보다가, 심심하면 동생과 가댁질도 하고, 그러다가 불이 꺼지면 할머니께 꾸중도 듣고, 얼른 불을 쓰라는 성화에도 한참을 놀다가, 이제 됐다 싶을 때쯤 성냥을 긋던 옛날의 곳에 가고 싶다.

 함께 밤을 걸어주고 있는 사물들이 다 옛날의 것들이다. 뺨을 스치는 밤의 바람이, 바람에 쓸리는 솔잎의 소리가, 몇 번이나 뒤를 돌아봐야 했던 공동묘지가, 낮에도 도깨비가 나온다는 '도깨비 골창'이 다 내가 키우던 소나 토끼처럼 정답게만 느껴진다. 밝고 환한 데서 느낄 수 없는 편안함이 이 어둠에는 있다. 할머니의 품 같은 포근함이 여기에는 있는 것이다. 어른이 되면 다 이렇게 어둠에 익숙해지는 건가. 어둠이란 게 본래 이런 것이었는데 나만 그것을 모르고 있었는가. 어둠이 밝음보다 훨씬 편안한 품인데 나는 그걸 모르고 밝음으로만 향했던 것인가.

 하늘을 올려다본다. 오랜만에 쳐다보는 밤하늘이다. 그 옛날에 승미와 함께 걸으며 서로의 별을 찾던 그 하늘이다. 밤하늘의 별을 우러르면서 우리는 별이 되는 꿈을 꾸었었다. 별 같은 사람이 되자고 약속했었다. 그런데 지금 그 여자애는 기울어진 어깨인 채 저쪽으로 돌아갔고, 그 남자애는 죽음의 고개를 넘으려 이쪽으로 가고 있다. 참 쓸쓸한 두 인생이다.

꼭 별을 꿈꾸지 않았어도 좋았다. 애초에 어둠이 되는 꿈을 꾸었어도 괜찮은 것이었다. 빛나기보다는 빛내주는 삶을, 드러나기보다는 드러내주는 삶을 생각했어야 했다. 어둠이 없이 어찌 별이 있겠는가. 어찌 별 저 혼자서 밤의 하늘을 빛낼 수 있겠는가. 별은 어둠이 밝혀주는 빛이자 어둠이 피워주는 밤의 꽃이다. 어둠이 없으면 별도 없다. 그러니 어둠을 보았어야 했다. 드러나지 않아도 좋은, 결코 화려하게 빛나지 않아도 좋은 그런 존재가 되려 했어야 했다. 그게 진짜 꾸었어야 하는 꿈이었다. 그게 정말로 우러렀어야 하는 나의 별이었다. 하지만 이미 늦었다. 늦어버렸다. 별도 꿈도 다 사라지고 난 뒤다. 남았느니 이제 사라지는 것밖이다.

그런 생각을 하며 나는 어둠속의 신작로를 뒤똑거렸다. 발자국마다 그 생각들을 밟으며 캄캄한 밤의 길을 더듬었다. 어디선가 흘러온 깡깡한 어둠이 내 생각들에 어깨를 결어 주었다. 나는 어둠의 따뜻한 손길을 느끼며 영원한 어둠이 줄 그 아늑함에 마음이 설레었다. 그래서 그 품으로 들어가는 게 조금도 두렵지 않았다.

명절에도 꼴새를 안 보이던 놈이 갑자기 모습을 드러내자 부모님의 낯빛에는 반가움보다는 불안함이 드리워 있었다. 변변한 직장도 없이 막노동꾼으로 떠돈다는 건 알고 있지만 그래도 한창 일해야 할 시간에 느닷없이 내려왔으니 그럴 만도 했다. 그냥 다니러 왔다는 말로 얼버무렸다.

녀석은 여전했다. 문턱을 넘는데도 허치럭거리며 배밀이를 했다. 흘린 침 때문에 노인네는 하루에도 몇 번씩 윗도리를 갈아입혀야 했다. 그때마다 어머니는 한 입 가득 한숨을 물었다. 그것은 기실, 가슴에 안고 있는 불구의 손자가 아니라 그런 녀석을 맡긴 아들을 향한 것이리라. 당신 배에서 나온 자식이 온전치 못한 손자를 낳았고, 그런 녀석을 늙은 부모에게 맡겼고, 그러고는 평소에는커녕 명절에도 연락 한번 없으니 그 심정이 오죽하랴. 죽지 못해 사는 나날이리라. 자식이 아니라 웬수를 낳았다며 한숨으로 지내는 날들이리라. 그래도 어쩌겠는가. 뾰족한 수가 없으니 만만한 게 부모 아니겠는가. 하다하다 이제 더는 견디기 힘들어, 더는 징한 '웬수'가 되기 싫어 끝내 마침표를 찍겠다는 것 아닌가. 두 '웬수'가 한꺼번에 깨끗이 없어져 주겠다는 것이다.

산소에 가겠다고 하자 아버지는 뚱한 표정이었다. 명절에도 안 나타나는 놈이 뜬금없이 산소는 무슨 산소냐는 것이겠다. 녀석을 데리고 가겠다 했을 때는 의아한 표정으로 고개까지 갸웃거리셨다. 안하던 짓을 하면 죽으려고 자릿값 하는 것이라는데 그 냄새라도 맡은 건 아닌지 모르겠다. 그런 아버지와는 달리 어머니는 표정이 환해지며 술과 안주를 챙겨 주었다.

녀석을 들쳐 업고 집을 나선다. 넓은 길을 벗어나 샛길로 접어

든다. 한 사람이 겨우 지나다닐 수 있는 좁은 벼룻길이다. 자칫하면 아래로 내리북트릴 수 있어 오른편 담을 잡아가며 조심조심 걷는다. 아무리 어린 시절이었다고는 하나, 몸을 틀어 비스듬히 게걸음으로 걸었기는 하나, 녀석을 업고 지나기에도 간신한 이 길을 어떻게 보릿뭇이나 나락뭇을 지고 지났는지 모르겠다. 그 동안에 길은 좁아지고 사람은 커진 것일까. 세월은 그런 태죽을 남기며 사람을 흘러간다.

길 끝에 사장캐가 있다. 정월초하룻날 당제를 지내는 너른 마당인데 평소에는 아이들 놀이터가 되는 곳이다. 윗마당에는 커다란 느티나무 한 그루가, 아랫마당에는 새끼 팽나무가 서 있었다. 느티나무는 어른들 서넛이 팔을 펼쳐 잡아야 두를 수 있을 만큼 몸피가 컸다. 얼마나 오래 살았는지 본래의 몸체는 구멍이 파여 허물어지고 새로 생겨난 가지가 마당을 덮었었다. 그때의 새 가지도 시들한 품이다. 지금은 아랫마당의 새끼 팽나무가 그때의 느티나무만큼이나 커져 사장을 덮고 있다. 오래 된 것은 가고 새로운 것이 그 자리를 대신하는구나. 그것이 세상의 이치로구나. 부모가 먼저 가고 자식이 그 자리를 메우다가, 다시 새끼가 그 자리를 채워야 하는데, 이 집구석은 그게 안되는구나. 늙은 부모는 멀쩡히 살아 있는데 새끼와 손자가 먼저 숨을 버리는구나. 망해먹은 집구석이로구나. 쓸쓸하다.

물매 싼 길을 오른다. 봄에 보릿뭇을 지러 갈 때, 가을에 나락뭇이나 고구마를 나르러 갈 때, 또는 오후 답에 소를 먹이러 갈 때,

혼자서 또는 여럿이서 올랐던 길이다. 그때는 겨우 한 사람이 지날 수 있었는데 지금은 두셋이 나란히 걸을 수 있을 만큼 넓어져 있다. 이렇게 넓혀지는 게 세상의 길이겠다. 처음에는 한 사람도 겨우 지나던 좁좁했던 길이, 어느 땐가 두셋이 지날 만큼 넓어지고, 그러다가 시멘트나 콘크리트로 포장이 된다. 그게 길의 진화 과정이다. 이 길도 조만간 시멘트로 덮이겠구나. 그러면 옛날의 기억들도 두꺼운 시멘트 밑에 묻히고 말겠구나. 좁고 초라한 과거를 덮어 지우며 세상의 시간은 넓고 단단한 쪽으로만 흘러간다. 어둡고 캄캄했던 곳에 빛을 들이대, 밝고 환한 쪽으로만 세상은 나아간다. 그게 시간과 세상의 방향이다. 그런데 나는 왜 그 길을 못 쫓아갔던가. 남들이 다 가는 그 길을 왜 나만 못 따라갔던가. 내쉬는 숨에 긴 한숨이 더해진다.

 치받이 길을 헉헉대고 올라 너럭바위에 앉는다. 거름지게를 지고 오르다 보릿뭇을 지고 내려오다 꼭 쉬어가는 곳이다. 앞이 툭 터져 있어 동네며 바다며 저 멀리의 섬들이 훨씬 내려다보인다. 어릴 적에 지게를 받쳐놓고 육지를 건너다보면서 미래를 꿈꾼 곳이다. 나는 저 너머의 육지에 닿아 성공한 사람이 되고 싶었다. 사람들의 우러름을 받는 높고 빛나는 인물이 되어 부두에 내리고 싶었다. 그리하여 사람들의 갈채를 받고 싶었다. 그것이 이 너럭바위에 앉아 그렸던 미래의 나였다. 하지만 참으로 옹색하게도, 나는 지금 불구의 아이를 업고 조상들에게 고별인사를 하러 가고 있다. 인생의 꿈이라는 게 이리도 멀리 어긋나는구나. 이렇게도 별볼일없는 게 인생의 속살이었구나. 속지 말았어야 했는데. 꾐에 넘어가지 말았어야 했는데. 살아 보아야 아무것도 없고 결국은 허무만 남는다는 것을 알아챘어야 했는데. '가득하던 꿈을 그리다, 죽도록 황토에만 그리다, 삶은 일하고 굶주리고 병들어 죽는 것'[26]이라는 것을 깨달았어야 했는데. 그랬어야 했는데. 후회는 항상 너무 늦은 걸음이다. 해는 지고 길은 멀다. 떠오를 나의 해는 이제 세상에 없다.

허공을 잡고 일어선다. 가기가 싫은 듯 녀석이 몸을 뒤로 젖힌다. 허리를 굽혔다 펴며 녀석을 추킨다. 좁은 들길을 걸어 밭으로 내려간다. 아래쪽 귀퉁이에 할아버지와 할머니를 합장한 묏등이 있다. 벌안[27]에다 녀석을 부려놓고 술을 따른다.

"한압시, 못난 손지 죄송합니다. 이러지 말아야 하는데, 이래서는 안되는데, 그런데 결국 이렇게 돼버렸습니다. 정말로 죄송합니다. 하지만 이럴 수밖에 없습니다. 용서해 주십시오."

초상화로만 보았던 할아버지다. 그 할아버지께 작별의 인사를 올린다. 땅에 묻힌 지 수십 년이 된 존재가 아직까지 여기 머무를 리는 없겠지만 그래도 말씀은 드려야 한다. 그것이 당신의 피를 받고 세상에 난 자의 예의일 터였다.

너덧 숨을 엎드렸다가 몸을 일으킨다. 술잔을 들어 묏등에 뿌린

---

26) 김지하, '비녀산'에서
27) 봉분 주변의 평평한 공간

다. 다시 술 한 잔을 따른다.

"함마이, 가야 쓰것구마. 함마이한테 죄송하제만 할수없구마. 살어봐야 아무 희망이 없는데 더 있어서 뭐하것는가. 엄니 아부지한테는 죄 짓는 일이네만 사는 게 외려 더 큰 죄니 그냥 갈라구마. 저놈은 놔둬봐야 고생 될 거께 데리고 갈랑마."

세상에서 제일로 사랑했던 할머니다. 그니에게 생물로서의 마지막 인사를 드린다. 나도 모르게 울음이 터져 오른다. 이를 악물어 보지만 울음은 이빨 사이를 삐져나온다. 한참을 울다 이빨을 문다. 그만 울자. 뒤돌아보지 말자. 모진 마음으로 가자.

"아버지 어머니 죄송합니다. 못난 아들은 이렇게 가야겠습니다. 세상을 다구지게 살아갈 자신이 없습니다. 목숨은 붙어 있어도 내일이 없는데 그게 무슨 인생이겠습니까. 위로 오르거나 앞으로 나아가는 게 아니라, 아래로 내려가거나 뒤로 처지기만 하는 삶입니다. 이제 더 내려갈 곳도 더 밀려날 곳도 없습니다. 그래서 이 정도에서 끝내렵니다. 용서하십시오. 선택할 수 있는 길은 이것밖에 없습니다. 안녕하실 수 없겠지만, 그러나…, 안녕히 계십시오."

절을 마치고 내려다본 녀석은 비스듬히 누운 채 눈만 멀뚱대고 있다. 내가 지 아비인 줄은 알고 있을까. 저에게 다가오고 있는 운명의 시간을 짐작은 할까. 무슨 말인가를 하고픈 듯한데 입가로는 침만 질질이다. 마음이 약해질 것 같아 얼른 고개를 돌린다. 어차피 길은 그쪽으로 정해져 있다. 너와 내가 길동무가 되어 같이 가는 것이다. 더 이상 미련 갖지 말자. 밀려왔다 밀려가는 파도처럼, 불어왔다 불어가는 바람처럼 그냥 홀연히 떠나자꾸나.

퇴주잔을 묏등에 쩍드리고 술을 한 잔 마신다. 쓰겁다.

"아들아, 미안하다. 너를 그 꼴로 세상에 오게 해 정말로 미안하다. 하지만 그건 절대 네 잘못이 아니다. 전적으로 내 잘못이다. 내가 저지른 무엇이 너를 그 모양으로 만들었다. 그것이 무엇인지는 모르겠다만 그 무언가가 그렇게 했다. 그래서 진짜로 미안하다. 너를 내 마음대로 데려가야 해 더 미안하다. 너는 가야 할 이유도 없고 가야 할 때도 당 멀었는데 이렇게 가야 하는구나. 그러나 살아 있는 것이 짐이 되고 너 스스로도 사람답지 못할 바에야 일찍 가는 게 안 낫겠니? 그러니 같이 가자. 그렇게 하자."

녀석을 내려다본다. 입을 삐죽이는 듯한데 나오는 건 말이 아니라 침이다. 맑고 고운 눈빛이 무서워 고개를 돌린다. 다시 술 한 잔을 입에 턴다. 쓰다.

여기쯤에 아버지와 어머니를 묻고, 이 밑에 형과 나와 동생이 자리 잡아야 하거늘, 내 자리는 영영 빈 채로 남아 있겠구나. 영원히 메워지지 못하겠구나. 그래, 어쩌면 그게 나을지 모른다. 잡풀 우거져 우묵장성 되어 누구의 묏등인지도 모르는 것보다 먼 바다로 훨훨 떠나는 게 나을 수 있다. 아니 어네이 낫다.

녀석을 들춰 업고는 길을 되짚는다. 서녘에는 잇꽃 같은 노을이다.

소고기를 떠 와 국을 끓여 달랬다. 마지막 가는 길에 소고기국이라도 한 그릇 먹이고 싶었다. 엄니는 그 다음을 전혀 눈치 못 채고 있다. 소고기국을 먹이고는, 뗏마도 물살에 잘못 쓸리면 전혀 놋발[28]이 안 먹힌다는 저 낭끝에서, 나는 녀석과 함께 바다로 몸을 던질 것이다. 그러면 몇 해 안되는 녀석의 삶과, 꾸질꾸질했던 내 인생도 영원히 '시마이'가 될 것이다.

"계세요?"

밖에 말 기침이다.

"누가 왔는가?"

아버지가 숟가락질을 멈추고 봉창에 달린 쪽유리에 눈을 가져다 댄다. 그러더니, "뭔 여잔데" 하시며 봉창문을 연다.

"누구시까?"

마당에는 겨울의 부지런한 어둠이 벌써이다.

"저……."

큰문을 열어본다. 토방 앞에 여자 사람이 서 있다. 문을 따라나간 불빛이 그 사람을 비춘다. 어제 소복인 채 나와 이야기를 나누었던 그 여자다.

"어? 뭔일인가?"

깜짝 놀라 토방으로 나간다.

"잠깐 나 좀 볼랑가?"

웃옷을 걸치고 질앞으로 나간다. 여자가 담 아래 오도카니 서

---

[28] 노의 힘

있다.

"뭔 일인가?"

"한갓진 데로 가세."

여자가 앞장서 걷는다. 동네를 벗어나 가까운 바닷가로 나간다. 거기 또 둘만의 옛 장소가 있다.

"이 밤에 뜬금없이 뭔일까?"

이 여자가 도대체 무슨 일로 여기까지 온 걸까. 옛날에 우리집에 와 본 적은 있지만 지금은 찾아올 입장이 아니다. 여자는 오늘 어머니의 장례를 치렀고 아직 삼우제도 안 지냈다.

"몇 마디만 하세."

앉자마자 여자가 말을 꺼낸다. 목소리에서 묘한 결기가 묻어난다.

"어제 집에 가면서 곰곰이 생각해 보니까 자네 말이 좀 이상하데. 마치 세상 마지막인 느낌이더마. 애기 이야기할 때는 확실히 그랬어."

아무래도 내 말에 묻어있던 한숨과 절망, 그리고 포기의 냄새를 맡은 모양이다.

"자네 혹시 애를 어떻게 해버릴 작정인가?"

말을 한다는 게 무슨 의미가 있을까. 나에게 세상은 이미 정리가 되었고, 이제 저기 거머리끝[29]에서 몸을 던지면 그것으로 영영

---

29) 길게 뻗어나간 뭍의 끝 곶

그만인데. 그것이 나와 또 한 생명의 마침표인 것인데.

"어제 자네가 왜 옛날 얘기 했는지는 모르겠네만, 내가 온 것은 자네가 물은 애기 얘기 때문이네."

여자가 잠시 숨을 가눈다. 나도 긴장이 된다.

"그때 자네가 본 것이 맞네. 그때 애가 있었고, 그리고……,"

여자가 잠깐 호흡을 멈추는 듯하더니,

"애를 낳았네" 하며 숨을 뱉는다.

이번에는 내 숨이 멎어진다. 두어 숨을 그대로 있는다. 그러고는 묻는다.

"자네…, 지금…"

말이, 바르르, 떨리고 있다.

"뭐라…, 했는가?"

다시 두어 숨이 흐른다. 바람이 숨의 사이를 불어간다. 그러고도 서너 숨을 더 있다가 여자가 말을 한다.

"애가 있었고, 애를 낳았네. 그리고…, 키웠네."

여자는 마치 남의 얘기하듯 담담한 태도다.

아아, 그럼 그것이었던가. 친구 녀석이 근남이 얘기 끝에 두어 번이나 꺼내려다 마지막까지 입에 물었던 말, 초상집에서 나를 보자마자 여자가 몹시도 당혹해하며 진둥한둥 밖으로 걸어 나가던 것, 그럼 그것이 그 애였을까. 친구 녀석은 차마 말을 못 꺼냈고 여자는 애를 단속하려는 것이었을까. 미꾸라지 수십 마리가 꾸정 치고 있는 둠벙처럼 머릿속이 뿌예진다.

"몇 번이나 지울까 했네만…, 그러지 못했네."

여자의 목소리는 의외로 차분하다. 이제는 저 먼 과거의 일이어서 그런지도 모르겠다.

"살려고 생긴 생명을 죽일 수는 없었네. 만들기는 내가 만들었지만 그 다음은 내 마음대로 할 수 있는 게 아니드마. 그래서 낳았고, 그리고 키웠네."

그래놓고 여자는 침묵이다.

나는 숨을 죽이고 있다. 할 말도, 할 수 있는 말도, 없다. 여자가 애를 낳았다는데, 그래서는 혼자서 키웠다는데, 내가 도대체 무슨 말을 하겠는가. 차마 얼굴을 들 수 없는 부끄러움이다. 져야 할 책임을 회피한 자의, 버려서는 안되는 것을 버린 자의, 품어야 할 것에 등을 돌린 자의 참으로 더러운 치욕감이다.

"얘기가 길어지네만 내친 김에 마저 하세."

몇 번의 파도가 철썩였을까. 여자가 말을 잇는다.

"너무 힘들어서, 더는 버틸 수가 없어서, 그래서 기어이 죽으러 왔었네. 자네 때문도, 그렇다고 애기 때문도 아니었네. 내 자신 때문이었네. 더 이상 세상을 견뎌낼 힘이 없드마. 삶을 버틸 티끌만한 여력도 안 남아 있드마. 희망 한 포기 없는 막막한 벌판이었고, 불빛 한 점 안 보이는 망망한 바다 가운데였네."

여자가 말을 멈추고 두어 숨을 있는다. 나도 숨을 죽이고 있다. 여자가 말을 잇는다.

"공무원을 해보려고 공부했는데 그것도 포기해야 했네. 나중에야 알았지만 나처럼 '폭도'로 낙인찍힌 인간은 공무원이 될 수 없드마. 두 번이나 1차에 합격했는데 두 번 다 신원조회에서 걸리데. 나는 불구인 몸 때문인 줄 알았는데 그게 아니라 광주 때문이었네. 광주에서 다친 내가 폭도가 돼 있드마. 군인들에게 맞아 어깨가 부서진 내가 폭도라는 것이네. 자기들이 불구로 만들어놓고, 자기들이 인생을 부스러뜨려 놓고, 거기에 폭도라는 딱지까지 붙여놓았드마."

여자가 길게 숨을 내쉰다.

"그 길이 막히니까 할 수 있는 게 아무것도 없드마. 어깨가 병신인 년이 어디 가서 뭘 하겠는가. 공장에 가서 일을 하겠는가 식당에 나가 설거지를 하겠는가. 더군다나 애까지 딸린 년이. 죽는 것 외에는 달리 방법이 없었네."

그래놓고 여자는 한참을 있는다. 아마 과거의 어디쯤에 가 있는 듯하다. 그러다가 말을 잇는다.

"애는 엄네집에 맡기고 갯가로 갔었네. 부모한테는 죄 짓는 것이었지만 할수없었네. 길이 그것밖에 없는데 어쩌겠는가."

여자가 잠깐 숨을 가눈다.

"사람은 다 이녁 죽을 자리가 있는갑드마. 왜 그런지 작은기미 낭이 내 자리라는 생각이 들데. 기미가 품같이 생긴 곳이라서 그런지 몰라도 거기라면 편히 갈 수 있을 것 같은 느낌이 들드마. 눈 딱 감고 낭끝에서 뛰어 내렸네. 짧은 순간 아이 생각이 나데마는 그걸로 끝이었네. 죽음으로 가고 있었제."

그래놓고 한참을 말이 없다. 품처럼 휘어들어간 기미의 어느 곳을 돌고 있는 모양이다.

"그런데 그 자리가 내 자리가 아니었든갑드마. 배 한 척이 달려오더니 나를 건져올리드만. 근남 씨였네. 낚시를 하고 있었다든마. 낚시꾼인 줄 알았는데, 여자인 것 같아서, 아무래도 이상하다 싶어 지켜보고 있었다데."

여자가 말을 멈추고 숨을 들이쉰다. 나는 조용히 숨을 뱉는다.

"처음에는 원망도 했네. 내버려두지 뭘라고 살렸냐고. 죽으려는 사람을 왜 살려냈냐고. 당신이 뭔데 남의 목숨을 마음대로 하냐고. 당신이 내 인생을 책임질 거냐고."

마치 따지는 것처럼 여자의 목소리가 한 켜 올라간다. 그러고는 두어 숨 뒤에,

"근데 시간이 좀 지나니까 죽을 운명이 아니었다는 생각이 들데. 그랬으니 못 죽고 살아났다고. 근남 씨도 그러데. 애를 생각해서라도 살아 보라고. 살다보면 또 살아질 거라고. 사람 목숨이란 게 혼자만의 것이 아니라 이리저리 엮여 있는 것 아니냐고. 그러면서 열 살 때 살아난 자기 얘기를 해주데."

여자가 슬쩍 나를 돌아본다. 나는 어둠이 덮고 있는 바다만 바라보고 있다. 아까침에 애기 얘기를 듣고 나서부터 나는 반쯤 넋이 나간 상태다.

"혼자서 고기를 낚다가 파도에 쓸렸다드마. 엔굽이치는 파도를 타 버려 갯가에서 점점 멀어지고 있었다데. 아무리 손발을 저어

도 나가지지가 않더라여. 죽었다는 생각밖에 안 들더라드마. 그런데 동네 어른이 줄을 묶고 헤엄쳐 들어왔다대. 둘이서 줄을 당기는데 아무리 당겨도 나가지기가 않더라여. 손발을 젓느라 자기도 힘이 파했고, 헤엄쳐 오느라 그 어른도 힘이 다했다드마. 그런데 그 어른이 자기 몸에서 줄을 풀어버리더라대. 어서 싸게 나가라는 듯 근남 씨에게 갈퀴손을 치면서 말이네. 그리고 자기는 파도에 떠밀려 버리더라대. 근남 씨는 혼자서 줄을 당겨 갯가로 나왔다드마."

희한한 일이다. 살면서 한 인물이 똑같은 상황에 두 번 들어가 있다. 한번은 구해지는 입장으로 한번은 구하는 입장으로, 한번은 살아나는 목숨으로 다른 한번은 죽어가는 목숨으로.

"근남 씨가 그러데. 생명이라는 건 덕석처럼 씨줄로 날줄로 얽혀 있는 듯하다고. 선조든 부모든 형제든, 가까운 이웃이든 저 먼 곳의 사람이든. 더는, 짐승이든 물고기든 벌레든, 또는 바람이든 구름이든 나무든 풀이든, 하물며 작은 돌멩이든 한 알의 모래 알갱이든, 그 뭣한테든 말이네. 이 세상에 혼자 동떨어져 있는 목숨은 없다는 거여. 그러니 목숨은 절대 이녁 마음대로 해서는 안된다는 거여."

여자가 두어 숨을 쉰다. 아마 어둠 저 어디쯤에 있을 그 어리버리한 친구를 생각하는 것이겠다.

"아차! 그 말을 듣는 순간 정신이 번쩍 들드마. 그래서는 안되는 일을 나는 저질렀데. 다른 사람은 몰라도 나는 절대 그래서는 안

되는 거였네. 절대로 절대로 말일세."

무슨 말을 이으려는지는 몰라도 이번에는 동안이 좀 뜨다.

"자네 혹시, 살면서 남에게 목숨을 은혜져본 적 있는가?"

답을 요구하는 것은 아닌듯한데 답을 하려해도 질문의 의미를 잘 모르겠다. 목숨을 남에게 은혜지다니? 살면서 남에게 은혜를 입은 적이 있기야 하겠지. 내가 은혜를 베푼 적이 있을 수도 있고. 그런데 목숨을 은혜지다니. 처음 듣는 말이다. 그래서 그냥 있는다.

"자네, 내 동생 알제? 승화라고."

두어 번 본 적이 있다. 세 살 터울이니까 그때 초등학생이었다. 승미를 바래다 줄 때 동네 초입에서 언니를 기다리고 있었다. 어쩔 때는 동네 앞 다리에까지 나와 있기도 했다. 조그만 여자애가 무섭탐도 안하는가 싶었다. 기특한 애라는 생각을 했었다. 광주에서 죽었다는 애가 그 애일 것이다.

"혹 들었나 모르겠네만, 그 애가 광주에서 군인들 총에 맞았네."

말을 하고는 여자는 한참을 있는다. 아마도 울고 있는 듯하다. 소리는 안 나는데 몸은 쿨쩍거리고 있다.

"그리고 죽었네. 여고 일학년이었는데."

나는 어둠만 응시한 채 파도의 숨결을 듣고 있다. 여자가 동생 애기를 잇는다.

공수들은 인정사정없었다. 젊은 사람을 보면 안방까지 쫓아 들어가 기어코 끌고 나왔다. 그리고 진압봉으로 머리를 내리쳐 피칠갑을 만들어 트럭에 던져 올렸다. 그것에 항의라도 할작시면, 늙은 사람의 머리통도 그대로 조겨버렸다. 진압봉이 마음에 안 찼는지 나중에는 총검을 쓰기 시작했다. 무엇에 취한 듯한 시뻘건 눈으로 그들은 사람들을 쫓아다니며 맥대로 찔러댔다. 사흘째부터는 총소리까지 들렸다. 몽둥이로 내리치고 칼로 찔러대고, 끝내는 총으로 쏘아 죽이고, 공수들은 악귀들이었다.

 분노하기는 했지만 거기에 끼어들지는 않았다. 주변에서 일어나고 있는 일은 나와 무관한 것이라 생각했다. 공장에나 부지런히 다니고 동생이나 잘 단속하자 싶었다. 상황이 심각해지는지 도시를 빠져나가는 사람들이 많아졌다. 학교들은 휴교령이 내려져 있었다. 시골에서 올라온 애들은 서둘러 집으로 내려갔다. 동생을 데리고 시골로 피해야겠다고 생각했다.

 공장도 가동을 멈추었다. 이삼 일 상황을 봐야한다며 공장장은 얼른 퇴근하라 했다. 버스도 안 다니는지라 걸어서 집에 오니 동생이 없다. 책상 위에, '상무관에 간다'는 메모만 남겨져 있다. 부랴부랴 상무관으로 달렸다. 건물에 들어서자 시신에서 뿜기는 악취 때문에 금방이라도 토할 것 같다. 어떤 시신들은 관에 들어 태극기로 덮여 있고, 어떤 것들은 관도 없이 바닥에 놓인 채 광목으로 덮였다. 어떤 것은 비닐에 싸인 채로 뉘어 있기도 하다. 며칠이 지났는지 시체는 퉁퉁 부어올라 흉측스럽기 이를 데 없다. 겉잡아도 백여 구는 남아 되지 싶다. 군데군데 향이 피워져 있지만 냄새를 막기에는 역부족이다. 이렇게 많은 사람들이 이렇게 처참하게 죽었구나. 그리고 이렇게 늘척하게 방치되고 있구나. 무서운 소문이 돌았지만 차마 그 정도일 거라고는 생각 못했다. 그저 얼마의 사람이 몽둥이에 맞아 다치고, 총소리가 났으니 혹시 총에 맞아 죽은 사람이 있겠거니 했다. 그런데 그게 아니었다. 어느 책에서 본 전쟁터의 학살 장면과 똑같다. 길게 파인 구덩이에 아무렇게나 널브러져 있던 그 시신들과 별반 다를 게 없는 것이다. 팔이 떨어져 나가고 다리가 없어진 것은 그나마 나은 축에 들었다. 창자가 흘러내린 시신, 이마가 깨져버린 시신, 턱이 날아가 버린 시신, 그리고 거기마다 달라붙은 쉬파리들. 차마 눈 뜨고 볼 수 없는 형상들이었다.

우선 동생을 찾기로 했다. 여기저기에 사람들이 시신을 닦고 있다. 남자들도 여자들도 어른들도 학생들도 눈에 띈다. 저기 안쪽에 조그만 여자애가 헝겊으로 시신을 닦고 있다. 보라색 티와 검정 바지가 동생의 차림새다.

"승화야!"

시신을 닦던 애가 고개를 돌려 쳐다본다.

"어, 언니 왔어?"

그러고는 하던 일을 계속한다. 머리가 반쯤 날아가 버린 시신이다. 입혀져 있는 옷만 아니라면 이상하게 생긴 살덩어리라고밖에 할 수 없을 듯하다. 그렇게 흉측히 생긴 것을 동생이 수건으로 닦고 있다.

"승화야, 집에 가자."

피 묻은 손을 잡을 수 없어 옷깃을 잡아끌었다.

"이거 해야 해."

동생은 몸을 돌려 하던 일을 계속한다.

"집에 가자니까!"

다시 동생을 잡아끌었다.

"이것만 마저 하고."

동생은 기어이 시신을 다 닦고는 거기에 광목을 덮는다. 그러더니 시신을 향해 묵념을 올린다.

"누가 너한테 이런 일 하라 했어!"

동생을 데리고 나오며 화를 냈다.

"누가 하라고 한 거 아냐. 내가 하고 싶어 한 거야. 아무리 그래도 피는 닦고 가야지."

"너 안 무섭니?"

"무섭긴 뭐가 무서워. 조금 전까지 나처럼 살았던 사람들인데."

동생은 태연한 말투다. 머리가 부서지고 창자가 흘러나오고 갈래갈래 찢겨버린 시신들이 안 무섭단다.

"내일 시골 내려가자. 위험해서 안되겠다. 공장도 며칠 쉰단다."

"알았어."

그러면서도 동생은 미련이 남는지 자꾸 뒤를 돌아본다. 영 안 가고 싶다는 태도다.

다음날 일찍 집을 나섰다. 버스가 안 다니는 모양인데 그래도 터미널에 가보기로 했다. 버스가 없으면 걸어서라도 갈 생각이었다.
"언니, 우리 헌혈하고 가자. 피가 겁나 부족한갑드라."
그것도 의미가 있겠다 싶었다. 누구는 죽고 누구는 다치고, 또 누구는 그들을 위해 봉사하고 있는데, 자신들만 시골로 내려가는 게 좀 미안스럽기는 했다. 그래서 동생 말대로 헌혈이라도 하기로 했다. 병원에 들러 피를 뽑고 터미널로 향했다. 버스로 여섯 정거장이니 걸어서 삼사십 분 걸리는 거리다. 버스가 안 다니니 걸어서 가야 한다. 아무래도 내려가는 버스도 없지 싶다.

사거리다. 대학생으로 보이는 사람들이 왼쪽에서 달려 나오더니 이쪽으로 뛰어온다. 동생의 손을 잡으며 얼른 길을 비켰다. 저 앞쪽에서 군인들이 쫓아오고 있다.

"승화야, 안되겠다 뛰자."

뒤로 돌아 뛰었다. 대학생들은 벌써 저만치 달려가고 있다. 타닥타닥타닥! 뒤쪽에서 말발굽 같은 군홧발 소리가 따라온다.

"언니, 이쪽으로!"

동생이 오른쪽 골목으로 달려 들어간다. 몸을 틀지 못하고 그냥 달렸다. 너덧 발 뛰었을까.

퍽!

왼 어깨에 뭐가 내리쳐진 듯하다. 커다란 돌이 찍어내린 것도 같다. 그대로 고꾸라졌다. 군홧발 소리가 앞쪽으로 내달린다.

간신히 고개를 들어 주위를 둘러보았다. 아무도 없다. 일어서려 해보지만 일어설 수가 없다. 기어보려 하지만 그것도 힘들다. 전혀 몸을 움직일 수가 없다.

"언니!"

승화다.

"언니, 일단 골목으로 들어가자."

몸을 들려다 안되겠는지 오른팔을 잡아끈다. 왼팔은 맥없이 늘어졌다. 두어 발 끌었을까.

"탕!"

총소리와 동시에 승화가 몸 위로 풀썩, 쓰러진다. 뜨뜻하고 끈적한 액체가 몸을 적셔간다.

"승화야! 승화야! 승화야아!"

여자가 숨을 가눈다. 그러고는 한참을 있는다. 그러더니 간신히 말을 잇는다.

"내 동생 승화는……"

말의 끝에 울음이 맺혀 있다.

"그렇게 죽었네. 나를 끌고 들어가려다 날아온 총알에 맞아 세상을 떠났네."

여자가 두어 숨을 쉬고는 말을 잇는다.

"전날 상무관에 그냥 두었으면 안 죽었을 거네. 거기서 시신을 닦고 있었으면 아마 지금도 살아 있을 것이네. 그런데 내가 집에 가자고 잡아끌어 그리 됐네. 거기 있고 싶어하는 애를 억지로 데리고 나와 그렇게 됐네. 그때도 나를 끌러 안 나왔으면 총에 안 맞았을 것이네. 나를 살리려다 승화가 대신 죽었네."

여자가 한참을 흐느낀다. 그러더니 고개를 들고는 길게 숨을 내쉰다. 긴 숨이 저기 어둠 어디에 있을 그 애에게 가 닿을 듯 싶다.

"내 목숨은 내 목숨이 아니네. 내 목숨은 내 동생 승화 목숨이네. 나는 승화한테 목숨을 은혜지고 있네. 몸은 내것일지 모르지만 숨은 승화것이네. 그런데 나는 그것을 깜빡하고 있었드마. 그러고는 그짓을 했던 거드마. 마치 내것인 양 내 멋대로 숨을 거두려 했드마. 그런데 근남 씨가 그걸 일깨워주었네. 세상의 어떤 목숨도 혼자인 것은 없다고. 조금씩이든 많이든 다 다른 목숨에 기대고 있다고. 그러니 절대 이녁 마음대로 해서는 안된다고."

그러고는 또 슬쩍 나를 돌아본다.

"혹시, 근남 씨 얘기 들었는가?"

"……"

말이 없는 것으로 말을 대신한다. 들었다는 것으로 아는지 못 들었다는 것으로 아는지 모르겠다.

"숙진이가 학교 갔다 오다 넙에 빠졌네. 태풍의 뉘누리 속이었제. 근남 씨가 몸에 줄을 묶고 뛰어들었네. 옛날에 근남 씨한테 있었던 일이 그대로 반복됐네. 이참에는 숙진이가 살았고 근남 씨가 죽었네. 왜 그런지 몰라도 똑같이 그리 됐네."

그 애 이름이 '숙진'인 모양이다. '양숙진'. 혹, '김숙진'이 됐을 수도 있는.

"재 너머 우리 동네 알제?"

여자가 슬쩍 이쪽을 돌아본다. 나는 어둠만 응시하고 있다.

"우리 동네는 아직도 전기가 안 들어오네. 지금도 섬에서 호야를 켜는 유일한 동네네. 그래서 나는 우리 동네가 좋네."

'껀드께'라는 동네가 그랬다. 두 개의 재를 넘어야 할 만큼 외진 곳이다. 다른 동네들은 자가발전으로 저녁참에라도 너덧 시간 전기가 들어오지만 그 동네는 여직 호야불을 쓰나 보다. 워낙 작기도 하고 가난하기도 해서겠다.

"밤이 깊어 집들이 호야불을 끄면 동네는 깜깜한 어둠이네. 불빛 한 점 새나오는 집도 없고, 빛살 하나 건너오는 곳도 없네. 어둠이 점령한 깜깜한 칠흑이제."

섬의 다른 동네는, 멀리일지라도 건너의 섬이나 육지의 불빛이 보이지만, 그 동네는 대양으로 열려 있어 불빛 한 줄기 건너올 곳이 없다. 정말로 아직도 태초의 어둠이 살고 있을 동네이기는 하다.

"나는 먹물 같은 어둠이 좋네. 그 어둠이 참말로 좋으네."

나는 귀가 쫑긋해진다. 여자의 입에서 '어둠'이란 단어가 튀어나오고 있어서였다. 내가 어제 밤길을 걸으며 내내 생각했던 것도 그 '어둠'이라는 것이었다.

"나는 내 인생이 어둡고 캄캄해 더 어둡고 캄캄한 곳으로 가려 했었네. 나에게는 그것이 죽음이었네. 이 세상에 죽음보다 깊은 어둠이 어디 있겠는가. 그런데 나는 그 죽음의 곳에서 삶의 품에 안겼네. 작은기미[30] 라는 품에서 근남 씨라는 커다란 어둠에 말

---

30) 해안선이 안으로 길게 휘어들어온 곳

일세. 근남 씨는 나를 보듬어주는 따뜻한 어둠이네."

어둠이 여자의 말을 감싸주고 있다.

"근남 씨는 유난히 어둠을 좋아했네. 모든 것을 덮어주는 어둠이 그리도 좋다드마. 그래서 자신은 죽어서 어둠이 되겠다 글드마."

녀석은 한세상을 외진 곳에 살면서 그런 생각을 했나 보다. 빛나는 별보다는 그 별을 밝혀주는 어둠을 꿈꿨나 보다. 다 드러내 버리는 환함보다는 품에 안고 토닥여주는 어둠이 되고 싶었나 보다. 내가 어제야 도달한 지점을 녀석은 진즉에 닿아버렸고, 그리고 그것을 행동으로 옮기면서 삶을 끝냈나 보다. 절대로 어리버리한 녀석이 아니었다.

"자신의 소망대로 근남 씨는 어둠이 된 것 같드마. 어둠속에 앉아 있으면 근남 씨가 말을 걸어오네. 당신 잘 있냐고, 숙진이 잘 크냐고, 자기도 잘 있다고. 우리는 밤마다 어둠속에서 그렇게 이야기를 나누네. 어둠은 저쪽의 근남 씨와 이쪽의 내가 만나는 편안한 방이네."

여자가 밤의 하늘로 눈길을 올린다.

"밝음이 세상에 있어야 하듯, 세상에는 어둠도 있어야 하네. 인간이 만들어낸 전깃불도 세상에는 있어야 하겠지만, 인간이 만들어낼 수 없는 어둠도 원래대로 있어야 하네. 그래야 그것이 세상 아니겠는가."

나도 여자를 따라 어둠으로 눈길을 옮긴다. 본래 세상에 있었던 그것들로부터, 인간이 만들어낼 수 없는 그것들로부터 따뜻한 무엇이 전해오는 듯하다.

"숙진이는 근남 씨 아이네. 그니까 자네 아이라는 생각은 추호도 마시게."

그래, 그 애는 '김'숙진이 아니고 '양'숙진이다. 여자가 낳고 그 친구가 키우고 또 그 친구가 살렸으니 당연히 그렇다.

"내가 오늘 자네한테 온 것은 자네가 아이를 버릴 것 같다는 직감 때문이네. 왠지 그런 느낌이 들드마. 그래서 이 이야기를 해야겠다고 마음먹었네."

나는 망연히 어둠을 응시하고 있다. 어둠이 얼을 빼가버려 머릿속이 텅 비었다.

"내가 오늘 자네를 만난 것이 자네를 좋은 쪽으로 데려갔으면 하네. 그 아이도 함께 말이네."

여자가 자리를 털고 일어선다. 나도 따라 일어선다.

"이만 갈라네. 잘 사시게."

여자가 손을 내민다.

"끝내 살아야 쓰네. 마지막까지 살아 있어야 하네. 그래야 다시 일어나보지 않겠는가. 설사 못 일어나 보더라도, 그래도 살아는 있어야 쓰네. 사람만이 자신의 숨을 거두어버릴 수 있지만, 또 사람만이 거두려던 숨을 놓아줄 수 있는 것 아니겠는가. 죽이는 걸 이기는 건 같이 죽이는 게 아니라 살리는 거네. 살리는 것만이 죽이는 것을 이길 수 있을 것이네."

어둠속에서 잡은 여자의 손이 따뜻하다. 어제 밤길을 걸을 때 내내 함께했던 그 어둠이 손을 잡아주고 있는 듯하다.

"세상에는 자신을 위해 남을 죽이는 사람도 있지만, 또 남을 위해 자신이 죽는 사람도 있네. 남을 위해 죽는 사람은 못되더라도 남을 죽이는 사람은 되지 말아야 하는 것 아니겠는가. 그래야 사람 아니겠는가. 그래도 사람의 형상으로 났으니 짐승으로는 살지 말세. 자기를 위해 남을 죽이는, 자기의 것을 위해 남들을 죽이는 그런 야수로는 말일세. 사는 날까지는 어쨌든지 사람으로 살세. 등을 돌려 외면하는 존재가 아니라 품을 열어 보듬어주는 존재로, 밀어내는 거머리끝이 아니라 오라고 품어주는 기미로 말일세."

여자가 손을 놓으며 몸을 돌린다. 그리고 발걸음을 뗀다.

"승미야, 잠깐만."

여자를 불러 세운다. 여자가 걸음을 멈춘다. 비척거리며 여자에게 다가간다.

"승미야,"

여자가 이쪽으로 몸을 돌린다. 그리고 그대로 서 있다.

파도가 바위에 부딪는 소리를 들으며 길게 숨을 들였다 쉰다.

"승미야…, 한번만…, 나 좀…, 안아주라."

망연한 눈으로 여자를 쳐다본다. 여자의 두 눈이 밝게 빛난다. 어제 보았던 그 토시등이 여자의 눈에 들어가 있다. 처마 밑에 문패처럼 걸려 아낙들의 비손을 들어주던, 그리고 밤을 새워 그 소망들을 지켜주던 등불이다. 그 옛날에 둘이서 바라보면서, 영원토록 서로를 지켜주자 약속했던, 서로에게 그것이자고 손가락을 걸었던 그 등불이다. 그 등이 나에게 두어 걸음 다가온다. 두어 번의 숨을 쉬더니 그 등이 나를 안는다. 여자는 어미처럼 날개를 펴고, 남자는 새끼처럼 그 품에 안긴다. 어미의 날개가 살그머니 새끼를 감싸 안는다. 새끼는 날개 속에 작게 몸을 오므린다. 휘황한 불빛의 곳에서는 느낄 수 없는 편안함이다. 화려한 것들만이 부유하는 곳에서는 찾을 수 없는 아늑함이다. 근남이네의 깜깜한 동네에나 있을 으늑함이다. 어릴 적 할머니의 품에 옹크려 젖꼭지를 만지며 느꼈던 포근함이다.

나도 모르게 울음이 흘러나온다. 명치끝에서 시작된 울음은, 몸을 울리고 머리를 울리고 마음을 울린다. 나는 부끄러울 것도 없이 있는 대로의 울음을 다 운다. 밝은 곳에서는 소리 낼 수 없는 서럽디서러운 울음이다.

남자는 여자의 품에서 깊게 운다. 그렇게 안겨서 우는 것이, 마음에 못이 박힌 채 살아야 했던 그 남자인지, 침을 질질 흘리며 토방까지 기어 나오는 그 녀석인지, 옛날에 종잇장에 낙서로 씌어 있던 그 녀석인지, 혼자서 아이를 낳고는 낭에서 뛰어내렸던 그 여자인지, 딸을 구하고 자신은 어둠이 된 그 친구인지, 언니 대신 총을 맞고 먼저 떠난 그 애인지, 그 해에 그 도시에서 사람 아닌 것들에게 목숨을 잃은 그 사람들인지, 아니 그 모두인지, 그 모두가 거기 함께 부둥켜 안겼는지 안았는지 알 수 없었다.

여자가 남자의 등을 쓰다듬는다. 여자의 손이 남자의 등을 다

수릴수록 눈물은 남자의 깊은 곳에서 솟아나와 저 깊은 어둠으로 흘러든다. 여자에게서 흘러나온 울음도 함께 어둠속으로 스미고 있다.

<끝>

| 작가의 말 |

설혹 그렇다할지라도

  아픔은 깊이의 문제이다. 그것은 번지거나 퍼지는 것이 아니라, 찌르고 파고드는 것이다. 가슴 깊이 파고들어 그것을 찌르는 것이다. 그러므로 보편적 아픔은 개인적 아픔에 가 닿지 못한다. 깊이와 넓이의 차이 때문이다.
  모든 사람은 죽는다는 사실이 내 아버지의 죽음을 위로하지 못하며, 사람은 늙고 병든다는 사실이 쓰러진 내 어머니를 위무하지 못한다. 나에게 타인이 그렇듯 타인 역시 나에게 그렇다. 그것이 아픔의 본질인지도 모르겠다. 설혹 그렇다할지라도 타인의 아픔을 방기하며 살 수는 없다. 그러면 우리는 서로에게, 닿을 수 없을 만큼 외로운 존재들이 돼버리기 때문이다.

빼닫이에서 자고 있던 소설을 책으로 펴내는 건 병석에 누운 어머니께 바치려는 의도가 크다. 물론 시작은 소설 속의 인물들을 다독이려는 목적이기는 했다. 개인적 의도와 목적이 어떠하든, 가슴 깊이는 못 닿더라도 이것이 사람들의 표피에라도 위로가 됐으면 좋겠다. 그래서 서로의 아픔을 위로하려는 마음이라도 가지게 했으면. 삶의 변방에서 살고 있는 사람들에게는 더더욱 그렇다. 내 소설의 출발은 거기에 있었다.

2019년 가을
변방에서

발행일 2019년 11월 8일
지은이 정택진
펴낸이 이주희
꾸민이 강대현

펴낸곳 **컵앤캡(Cup&Cap)**
주소 12148 경기도 남양주희 호평로 9 2402-203
전화 031)516-1605 | **팩스** 031)624-4605
이메일 cupncap@hanmail.net
등록 제399-2015-000015호(2015년 5월 29일)

ISBN 979-11-955628-5-5   03810

※ 이 책은 저작권법에 의해 보호받습니다. 따라서 무단으로 전재하거나 복제하면
   법의 처벌을 받습니다.